Rosie Rushton

¡Girls!

Das ist *mein* Problem!

D1983490

OMNIBUS

DIE AUTORIN

Rosie Rushton arbeitet als Journalistin für verschiedene Zeitungen und verfasst Reportagen für Zeitschriften. Besonders gern schreibt sie über Teenager und Familienbeziehungen. Sie ist Autorin von bisher fünf Jugendbüchern. Rosie Rushton lebt in Northamptonshire und hat drei erwachsene Töchter.

Rosie Rushton

¡Girls!

Das ist *mein* Problem!

OMNIBUS

OMNIBUS

Der Taschenbuchverlag
für Kinder und Jugendliche
von C. Bertelsmann,
München

Band 20492

Von Rosie Rushton ist bei
C. Bertelsmann erschienen:

Reg dich ab, Mama!
Ich glaub, ich krieg 'ne Krise!
Halt dich da raus, Mama!

Bei OMNIBUS ist erschienen:

¡Girls! **Das krieg ich auch *selbst* geregelt!** (20491)
¡Girls! **Der Typ *gefällt* mir eben!** (20490)

Umwelthinweis:
Dieses Buch wurde auf chlorfrei gebleichtem
Papier gedruckt.

Deutsche Erstausgabe Juni 1998
Gesetzt nach den Regeln der Rechtschreibreform
© 1998 für die deutschsprachige Ausgabe
C. Bertelsmann Jugendbuch Verlag GmbH, München
Alle deutschsprachigen Rechte vorbehalten
Die Originalausgabe erschien 1996 unter dem Titel
»Poppy« bei Piccadilly Press, London
© 1996 für die Originalausgabe Rosie Rushton
Übersetzung: Nina Schindler
Lektorat: Kerstin Wendsche
Umschlagbild: Sabine Kranz
Umschlagkonzeption: Klaus Renner
kk · Herstellung: Stefan Hansen
Satz: Uhl + Massopust, Aalen
Druck und Bindung:
Graphischer Großbetrieb Pößneck GmbH
ISBN 3-570-20492-8
Printed in Germany

10 9 8 7 6 5 4 3 2 1

Inhalt

Sarah wird vorgestellt 7
Sarah richtet Livi wieder auf 12
Sarah grübelt 18
Sarah erzählt von ihrem Plan 24
Sarah denkt sich etwas aus 29
Sarah spricht sich aus 32
Sarah macht eine Bekanntschaft 36
Tratschen über Jungen 44
Granny Jay hat Neuigkeiten 49
Sarah hat noch einen Plan 56
Mr. Field gerät in Rage 59
Sarah gibt dem Schicksal einen Schubs 64
Sarah hat einen guten Tag 70
Gespräche in Canal End 75
Sarah im Schockzustand 84
Es spitzt sich zu 87
Mrs. Hunter wirft Sand ins Getriebe 90
Was für ein total verwirrtes Netz … 93
Ein Brief macht Probleme 101
Sarah muss büßen 106
Freunde kommen, Freunde gehen 111
Mrs. Hunter sagt die Wahrheit 116
Sarah spielt die barmherzige Samariterin 118

Sarah redet Fraktur 123
Sarah verliebt sich 126
Sarah legt einen Köder aus 131
Partyvorbereitungen 133
Die Stunde der Wahrheit 141
Der Sumpf der Verzweiflung 147
Eine öffentliche Ankündigung 152
Sarahs Mutter reißt sich zusammen 159
Sarahs Welt kommt ins Wanken 160
Sarah greift helfend ein 164
Noch mehr schlechte Neuigkeiten für Sarah 167
Charley tröstet 171
Eine neue Seite an Luke 174
Bewegende Themen 177
Abschiede 181
Kameraklicks 184
Neue Anfänge 188
Sarah setzt wieder ein Zeichen! 190

Sarah wird vorgestellt

Sarah Field hatte Eltern, die sie liebten, eine ältere Schwester, die sie selten ärgerte, sie wohnte in einem großen Haus mit korinthischen Säulen rechts und links neben der Haustür und hatte eine Figur, mit der die Hersteller von vitaminreichen Müslis Reklame machen. Die kupferroten Haare und mahagonibraunen Augen hatte sie von ihrem Vater geerbt, ihren leicht gebräunten Teint und das absolut fehlende musikalische Gehör von ihrer Mutter. Sie war selten traurig, vor allem, weil sie in den bisherigen dreizehn Jahren und acht Monaten ihres Lebens als einziges tragisches Ereignis den Tod von vier Goldfischen hatte erleben müssen; und dazu kam noch ihre völlige Unfähigkeit, die elementarsten Lehrsätze in Physik und Chemie zu begreifen. Doch Letzteres machte ihr keine großen Sorgen, denn sie hatte längst beschlossen, nach der Schule die jüngste Kummerkastentante zu werden, die man hier zu Lande je gekannt hatte. Dazu brauchte man ja nun wahrlich keine Kenntnisse über Magnetfelder. Wahrscheinlich weil sie so wenige eigene Probleme hatte, kümmerte Sarah sich umso mehr um die Angelegenheiten anderer Leute. Sie glaubte, dass jeder Mensch so glücklich sein sollte wie sie, und wenn sie sah, dass dem nicht so war, fühlte sie sich berufen, dem abzuhelfen.

Deshalb war sie ständig beschäftigt. Sarah organisierte das Tanzfest des neunten Jahrgangs; Sarah schrieb leidenschaftliche Artikel für die Schülerzeitung, und zwar zu jedem Thema: von Päckchen nach Rumänien bis zu Rollstuhlrampen für die öffentliche Bibliothek; und es war Sarah, an die sich alle bei den ersten Anzeichen einer Krise wandten. Ihr völliges Aufgehen in den Nöten anderer Leute, gepaart mit der unerschütterlichen Überzeugung, dass sie alles auf die Reihe bringen konnte, war ungeheuer tröstlich für diejenigen, die mit zu hohen Ansprüchen der Lehrer, unvernünftigem Verhalten der Eltern oder – wie im Falle ihrer besten Freundin Livi – dem Abtauchen ihres Loverboys in die Arme von Mia Fazackerly fertig werden mussten. Mia, mit Beinen bis zu den Achselhöhlen und von Januar bis Dezember braun gebrannt wie die »Baywatch«-Mädchen.

Sarah war kein braves Kind im buchstäblichen Sinn, aber sie sah keinen Sinn darin, sich einfach wegen nichts und wieder nichts quer zu stellen. Deshalb brach sie nur dann Regeln, wenn sie sie für unfair oder für dämlich hielt, und dann kämpfte sie für deren Veränderung. Dieser Eifer machte sie bei den Gleichaltrigen ungeheuer beliebt – doch leider gar nicht bei ihren Lehrern. Mrs. Joll, Sarahs Sozialkundelehrerin, ließ einmal die Bemerkung fallen, dass die Abkürzung SKS für Sozialkundestunde genauso gut »Sarah kümmert sich« bedeuten könnte.

Es muss jedoch festgehalten werden, dass Sarah die emotionalen Nöte ihrer Freundinnen für sehr viel wichtiger hielt als Hausaufgaben, deshalb schwankten ihre Zensuren immer auf und ab im Verhältnis zu der Anzahl von Schwierigkeiten, die sie jeweils gerade lösen wollte.

Keines dieser Probleme hatte etwas mit Sarahs eigenem Leben zu tun, denn das verlief seit eh und je ohne den leisesten Hauch von Schwierigkeiten. Sarahs Vater, Leo Field, war ein großer, stets elegant gekleideter Herr, Direktor seiner eigenen Firma, die Gartenlauben, steinerne Statuen und japanische Vogelbäder verkaufte. Wenn er nicht gerade die Reichen und Schönen überredete, viel Geld bei ihm loszuwerden, spielte er im Waterline-Golfclub und war das renommierteste Mitglied der Fotografischen Gesellschaft Abingvale, wo sein »Morgennebel im Mai« den ersten Preis für Schwarz-weiß-Fotos gewonnen hatte.

Sarahs Mutter Celia verbrachte ihre Zeit mit Einladungen zu Damenkränzchen und im Waterline-Tennisclub. Sie hatte keinen Beruf und wies ihre karrieregeilen Freundinnen darauf hin, dass das Gestalten eines gemütlichen Zuhauses und die Versorgung einer Familie bereits ein Fulltimejob war. Außerdem verdiente Leo ja genug Geld für sie alle. Sarahs Mutter war im Gegensatz zu den Müttern ihrer Freundinnen völlig problemlos: Wenn Sarah was Neues zum Anziehen wollte, dann ließ sie das in dem Laden einfach auf eins der Konten ihrer Mutter anschreiben, die sie in allen wichtigen Geschäften der Stadt unterhielt. Und lud Sarah ihre Freundinnen zum Übernachten zu sich ein, dann bekamen alle von Sarahs Mutter kiloweise Salami-Pizzas und selbst gemachtes Blaubeereis und sie beschwerte sich so gut wie nie über den Krach, den die Mädels machten.

Mit Melissa, Sarahs fast achtzehnjähriger Schwester, lebte es sich ebenfalls äußerst angenehm. Sie war stets bereit, Sarah Seidenblusen, Lidschatten, laufmaschenfeste Strumpfhosen und ihre elektrische Lockenbürste zu leihen. Außerdem überflog sie auf Wunsch mit ihrem scharfen Verstand Sarahs Mathe-Hausaufgaben, wie man das auch von einer Schülerin erwarten konnte, die wahrscheinlich ein Einser-Abi in der Tasche hatte. Doch zuerst wollte Melissa nach der Schule ein Jahr um die Welt bummeln, denn sie hatte ihren Eltern als Geschenk zum achtzehnten Geburtstag ein Flugticket nach Australien abgeschwatzt. Mit ihren blauen Augen, dem porzellanweißen Teint und dem goldblonden Pagenschnitt sah sie Sarah überhaupt nicht ähnlich, aber sie teilte deren Glauben, dass man mit der richtigen Methode eigentlich alles erreichen konnte, was man wollte. Und wenn es so aussah, als sei Melissa in erster Linie an der Durchsetzung ihrer eigenen Ziele interessiert – anstatt wie Sarah die ganze Welt zu beglücken –, dann verfolgten die beiden aber ihr jeweiliges Ziel gleichermaßen immer noch dergestalt, dass die alten Damen in der Kirchengemeinde sie »die lieben Field-Mädchen« nannten und die Tatsache tief betrauerten, dass es nicht mehr Töchter wie sie gab.

Das einzige Mitglied von Sarahs Familie, das – allerdings auch nur im entferntesten Sinn – ein Problem darstellte, war Granny Jay. Sarah liebte Granny Jay von ganzem Herzen und es gab Stimmen, wonach Sarah ihre beharrliche Art und ihre Weigerung, sich mit einem Nein abzufinden, von ihrer Großmutter mütterlicherseits geerbt hätte. Granny Jay war winzig, hatte eine Figur wie ein Bauernbrot, silberweiß gefärbte Haare, einen eisernen Willen und die Neigung, in Sprichwörtern zu reden.

Sie lebte – sehr zur Verärgerung von Sarahs Mutter – seit mehr als fünfzig Jahren in ihrem Häuschen am Leehampton-Kanal und alle Versuche ihrer fürsorglichen Familie, sie irgendwo komfortabler unterzubringen, nämlich so, wie es sich für eine Dame ihres Alters geziemte, scheiterten an ihrem Widerstand.

Die Frage »Was machen wir nur mit Gran?« hatte während der letzten Monate einen Großteil der Zeit von Sarahs Eltern beansprucht, doch genau an diesem Morgen, als sie eigentlich ausrechnen sollte, bei welcher Geschwindigkeit ein Zug von Edinburgh nach London dem von London nach Glasgow begegnen würde – als ob das irgendwen interessieren könnte! –, war Sarah die optimale Lösung für dieses Problem eingefallen.

Heute Abend würde sie ihrer Familie ihre Idee vorstellen, die sie bestimmt genial finden würde. Aber in der Zwischenzeit hatte sie ein akuteres und schwierigeres Problem zu lösen.

Von all den Aufgaben, die Sarah sich bereitwillig auflud, war das Trösten von Livi Hunter nach deren unglücklichen Liebesgeschichten die allerschwerste.

Sarah richtet Livi wieder auf

Diese letzte Krise im Liebesleben ihrer besten Freundin hatte morgens um genau fünfzehn Minuten nach zehn angefangen, als Ben Bryant Livi, die ihn seit drei Wochen und zwei Tagen abgöttisch liebte, zwischen der Französisch- und der Chemiestunde gesagt hatte, ihr fehlte die Reife für eine länger dauernde Beziehung mit ihm und dass er ab jetzt mit Mia Fazackerly gehen würde. Mia Fazackerly duftete nach Paloma-Picasso-Parfum und hatte das Schwüle-Blicke-Zuwerfen zu einer wahren Kunst entwickelt. Diese Zurückweisung war umso kränkender, als es erst zwei Tage her war, dass Livi zum Valentinstag als Symbol ihrer ewigen Liebe das Taschengeld einer ganzen Woche in ein Riesenherz aus Schokolade und einen kleinen Amor mit Plastikbogen und Plastikpfeilen investiert hatte. Von Ben bekam sie eine Karte, über die sie sich zunächst wahnsinnig gefreut hatte, bis sie herausfand, dass acht andere Mädchen in ihrem Jahrgang die gleiche Karte erhalten hatten.

Sarah gab strenge Anweisungen, dass Livi Ben gefälligst nicht das Ausmaß ihrer Betroffenheit sehen lassen sollte, denn sein Ego war bereits aufgeblasen genug, doch Livi hatte sich augenblicklich in ein Häufchen Unglück verwandelt und erklärte, ihr Leben sei jetzt eigentlich zu Ende, und dann schloss sie sich während der ganzen Chemiestunde im Klo ein. Sie hatte Sarah das Versprechen abgenommen, dass diese nicht nur dem Chemielehrer erzählen sollte, Livi hätte Migräne, sondern dass sie auch nicht eine Silbe über das Vorgefallene verlauten lassen durfte. Wie sie die letzten Entwicklungen geheim halten wollte, wo doch Ben und Mia eng umschlungen wie zwei frierende Hamster herumliefen, war Sarah zwar schleierhaft, aber wenn Livi Verschwiegenheit wünschte, dann sollte sie sie kriegen.

Sarah hatte sich zum Ziel gesetzt, Livi bis zum Ende der Mittagspause wieder aufzurichten. Nun blieben ihr noch acht Minuten, aber von Erfolg konnte bisher keine Rede sein.

»Na, komm schon, Livi, nun reiß dich zusammen – das ist doch nicht das Ende der Welt!«, sagte sie ermutigend, nahm ihrer Freundin ein nasses Papiertaschentuch aus der Hand und gab ihr dafür ein trockenes.

»Was hat sie denn?«, flüsterte Hayley Spicer und ließ ihr Pausenbrot auf die Bank plumpsen, während sie Livi forschend ansah.

»Och, nix, das wird schon wieder. Eben das Leben und so – du weißt schon.«

»Oh«, sagte Hayley, die offensichtlich nichts wusste.

Livi zog unglücklich an einer losen Strähne ihrer blonden Haare. Vor einem Monat hatte sie ihre schulterlangen Locken abschneiden lassen und jetzt bereute sie das und zupfte an den fünf Zentimeter langen Haaren herum, als ob sie sie dadurch etwas dehnen könnte.

Ihre blassvioletten Augen füllten sich wieder mit Tränen.

»Ich ertrage jetzt keine Erdkunde. Du musst ohne mich hingehen.«

Sarah seufzte. Das wurde langsam albern.

»Livi, du kannst doch nicht immer weiterschwänzen, bloß weil Ben und Mia im gleichen Kurs sind«, protestierte sie.

»Wetten, dass?«, fauchte Livi.

Sarah fand es schon beeindruckend, dass der Kummer über einen Jungen solche dramatischen Ausmaße annehmen konnte. Livi hatte die ganze letzte Stunde in ihr Käsebrötchen geheult und gejammert, wenn nur ihre Hüften schmaler und ihr Busen größer und wenn ihr Gesicht nicht so rund wäre und ihre Mutter ihr endlich mehr Taschengeld geben würde, dann wäre Ben bei ihr geblieben, das wüsste sie ganz genau. Sarahs Meinung über Ben entsprach in etwa ihrer Ansicht über Amöbenruhr und so hatte sie erwidert, dass Livi doch froh sein sollte, dass sie ihn los wäre. Daraufhin hatte Livi erst recht aufgeheult und sich bitterlich beklagt, das Blöde an Sarah wäre, dass sie von Liebesdingen nicht die geringste Ahnung hätte.

Mit einer Hand durchwühlte Sarah ihren Spind nach »Berge und Täler in Westeuropa«, während sie mit der anderen Livis Schulter tätschelte und überlegte, dass Livi da nicht ganz Unrecht hatte. Livi war ihre beste Freundin und sie hatte sie schrecklich gern, aber sie konnte nicht begreifen, weshalb man sich wegen Jungen so aufregen konnte. Sarah hatte nichts gegen das männliche Geschlecht als solches – sie konnte nur nicht begreifen, wieso man wegen einem Exemplar davon auf einmal wacklige Knie kriegen sollte. Livi dachte anscheinend, dass man erst als Hälfte eines Paares ein vollwertiges Mitglied der menschlichen Gesellschaft war, doch Sarah konnte mit ihrer Zeit was Besseres anfangen als händeringend darauf zu warten, ob irgendein Typ sie anrufen würde oder nicht – und sie war sich ziemlich sicher, dass sie sich nie so hängen lassen würde, falls der Anruf ausblieb.

Aber sie brauchte diese Theorie nie an der Praxis zu messen, da eine große Anzahl Jungen aus ihrem Jahrgang ganz wild darauf waren, sich mit ihr zu verabreden, und ihr einziges Problem darin bestand, dass sie jede Woche bis zum Mittwoch entschieden haben musste, welchem Knaben sie am nächsten Wochenende ihre Gunst schenken würde. Und wenn jeder Knilch, den sie erhörte, sich einbildete, dass zwei Stunden Rollerblades fahren in ihrer Gesellschaft ihm einen Exklusivanspruch auf ihre Gefühle für den Rest des Schuljahres einräumten, dann war das sein Problem. Sarah beglückwünschte sich dazu, dass sie ihr Leben fest im Griff hatte.

»Was stimmt denn nicht, Livi?«, fragte Hayley und warf sich ihre Büchertasche über die Schulter. »Ist es, weil Ben dich sitzen gelassen hat?«

Livi blickte sie entsetzt an.

»Woher weißt du das?«, zischte sie.

Was für eine Frage, dachte Sarah. Hayley Spicer hatte in Sachen Schulklatsch den gleichen Erfolg wie ein Radarschirm. Außerdem nahm sie nie ein Blatt vor den Mund, sie war gar nicht absichtlich taktlos, aber manchmal wünschte Sarah, Hayley würde mal einfach die Klappe halten.

»Na, das wissen doch alle«, sagte Hayley fröhlich. »Mia sagt, er hätte schon lange die Nase voll von dir gehabt – echt schade, dass du nicht zuerst Schluss gemacht hast.«

Als ob das je zur Diskussion gestanden hätte, dachte Sarah. Livi klebte an ihren Kerlen wie eine Schnecke am Stein, und wenn sie mit ihr Schluss machten, dann warf sie sich tagelang vor, sie hätte eine miese Kusstechnik, bis hin zu der Tatsache, dass ihre beiden Vorderzähne ein bisschen schräg standen. Livi hatte keine besonders gute Meinung von sich selbst.

Nur gut, überlegte Sarah, dass es immer eine Sarah gab, die die Scherben wieder aufsammelte, denn Livi war nicht nur total unbegabt im Umgang mit Jungs, sie hing in der Krise auch noch absolut durch.

»Na komm schon, vergiss den Trottel!« Sie zerrte eine widerstrebende Livi auf die Füße. »Es gibt noch massenhaft andere coole Typen.«

Livi schüttelte untröstlich den Kopf. »Es wird nie, niemals mehr einen Jungen wie Ben geben«, betonte sie und zerriss das feuchte Papiertuch in Fetzen.

Sarah fiel ein, dass Livi dasselbe bei jedem Jungen gesagt hatte, mit dem sie mal gegangen war, aber vielleicht war das jetzt nicht der geeignete Augenblick, um ihr das unter die Nase zu reiben.

»Natürlich gibt es welche«, sagte sie energisch. »Du musst dich nur anders verhalten.«

Livi starrte sie an.

»Wie denn?«

»Jungen finden so ein bisschen was Geheimnisvolles gut«, verkündete Sarah, die eigentlich keinen blassen Schimmer hatte, was Jungen gut fanden, und der das auch völlig Wurst war. Aber ihr war klar, dass Livi jetzt einen Plan brauchte. »Du musst dich mehr zurückhalten, du darfst dich nicht so schnell rumkriegen lassen. Also, du musst doch zugeben, du klammerst dich immer ziemlich an die Kerle, nicht wahr?«

Livi zog eine Schnute. »Keine Ahnung, was du meinst«, murrte sie.

»Ach, nun hör schon auf. Du bist immer da, wenn sie dich anrufen, du sagst nie Nein, wenn sie mit dir was unternehmen wollen, du bibberst bei Schnee und Eis am Fußballplatz, während sie hinter irgendeinem dusseligen Ball herrennen …«

Livi zupfte an der Ecke eines neuen Papiertuchs herum. »Das kapierst du nicht«, widersprach sie. »Die Jungen müssen doch merken, dass du dir was aus ihnen machst, du musst doch für sie da sein. Wenn du das nicht machst, dann stehen sie auf und machen sich aus dem Staub.«

Aha, dachte Sarah. So ist das also. Wahrscheinlich ist diese Ansicht unter den Umständen auch ganz verständlich. Da werde ich mal was unternehmen müssen.

»Hm. Jetzt müssen *wir* uns jedenfalls auf die Socken machen. Du weißt, wie die alte Piepsi sich aufregt, wenn wir zu spät zu ihrer heiß geliebten Erdkundestunde kommen.«

»Aber was soll ich bloß machen?«, fragte Livi wieder.

»Du überlässt erst mal alles mir«, erklärte Sarah und nahm sie in die Arme.

Und Livi, die sich schon so lange von Sarah an der Hand nehmen und führen ließ, wischte sich mit dem Ärmel die Nase, schniefte, nickte und versuchte ein schwaches Lächeln. Sarah würde schon was einfallen. Ihr fiel immer was ein.

Sarah grübelt

Während Miss Plover sich lang und breit über die Geheimnisse des Gletschertals ausließ, überlegte Sarah, was sie nur tun konnte, um Livi von ihrer unerwiderten Liebe abzulenken. Es war nicht allzu überraschend, dass Livi mit der Bewältigung von Beziehungskrisen Probleme hatte. Vor drei Monaten war ihr Vater ausgezogen, um in Runcorn mit einer Kassiererin zusammenzuziehen, die Rosalie hieß. (Sarahs Mutter behauptete, jeder Mann, der Weib und Kind verließ, hatte nichts Besseres als Runcorn verdient, und Sarahs Vater sagte, Rosalie hätte vielleicht besonderen Charme, der davon ablenkte, dass Runcorn ganz entschieden keinen besaß.) Livis Mutter Judy war sehr gefühlsbetont und arbeitete drei Nachmittage jede Woche für Sarahs Vater, kümmerte sich um die Büroarbeiten und vergaß auch nicht, die Topfpflanzen zu gießen, die den Empfangsraum zierten. Die restliche Zeit über fertigte sie Kobolde und dicke kleine Feen aus Keramik und verkaufte sie auf Kunstmärkten. In den Wochen nach dem Auszug ihres Mannes war sie zwischen tiefster Verzweiflung – da modellierte sie Hexen und Trolle – und äußerst demonstrativen Freudenaufwallungen hin und her geschwankt. Dann tönte sie sich die Haare in sehr gewagten Farben, brannte in den Zimmerecken Räucherstäbchen ab und erzählte allen, die zuhören wollten, dass sie nun von Ehefesseln befreit war und sich übers Wochenende zum Meditieren in ein Kloster zurückziehen wollte.

Livi gefielen die fröhlichen Zeiten besser, und wann immer Sarahs Mutter hörte, dass ihre Freundin Judy meditieren und im Lotossitz Mantras murmeln wollte, bestand sie darauf, dass Livi zu den Fields kam. Dann bekam Livi die ganze Zeit knusprige Hühnerbeine und Schokoträume zu essen und Sarahs Vater holte seinen Fotoapparat und erzählte ihr, was sie für wunderschöne Wangenknochen hätte. Da Livis Vater häufig vergaß, dass er eine Tochter hatte – ganz zu schweigen von deren Wangenknochen –, und da die Kochkenntnisse ihrer Mutter darin gipfelten, eine Fertig-Lasagne in die Mikrowelle zu schieben, sah Livi die Fields als eine Traumfamilie an. Sarah dachte nicht zum ersten Mal, wie gemein es war, dass nicht jeder Mensch mit Eltern gesegnet war, die gut gelaunt und verantwortungsvoll die wichtigen Dinge im Leben meisterten.

»Sarah Field, hörst du überhaupt zu?« Piepsi durchbohrte sie mit einem stählernen Blick. »Ich glaube kaum, dass du die Auswirkungen der Eiszeit auf die europäischen Landschaften lernst, wenn du wie ein junger Zombie aus dem Fenster glotzt.«

»Entschuldigung, Miss Plover.« Blöde alte Kuh, dachte Sarah, die es ziemlich überflüssig fand, sich um Täler zu kümmern, die es längst gab. Sie war sich absolut sicher, dass sie auch ohne die Kenntnis von u-förmigen Tälern, Seiten- und Grundmoränen wunderbar durchs Leben kommen würde, wohingegen nur ein kurzer Blick auf Livis immer noch verzweifeltes Gesicht und ihre zuckenden Schultern zeigte, dass jemand etwas für deren Selbstbewusstsein tun musste, und zwar schnell.

Und da natürlich niemand sonst auch nur den leisesten Schimmer von der Dringlichkeit der Situation hatte, war das Sarahs Aufgabe.

Sarah hatte sich seit den ersten gemeinsamen Tagen in der Babygruppe stets um Livi gekümmert. Livis Karussellfahrt mit unglücklich verlaufenden Liebesgeschichten fing im zarten Alter von drei Jahren und drei Monaten an, als Darren Smythe sie auf seinem roten Plastikfeuerwehrauto fahren ließ und ihr alle gelben Smarties aus seiner Frühstückstüte gab. Am nächsten Tag machte er das Gleiche bei Katy Wentworth und Sarah fand Livi in der Garderobe, wie sie sich die Augen ausheulte. Sie schenkte ihr ein klebriges Karamellbonbon und ihr Kermit-Taschentuch und sagte ihr, sie sollte mit dem Heulen aufhören, denn Darren wäre sowieso saudoof, weil er nicht auf einem Bein hüpfen, blinzeln und rechts von links unterscheiden konnte.

»Du kannst *meine* Freundin sein«, hatte Sarah mit der Bestimmtheit erklärt, für die sie berühmt werden sollte. Und Livi hatte selig gelächelt, Sarahs Hand ergriffen und sich seit damals bei ihr angelehnt. Das gefiel Sarah sehr gut. Sie mochte das Gefühl, gebraucht zu werden.

Und sie wurde gebraucht. Während Sarah durch ihre Kindheit mit wenig mehr an Beschwerden als Mumps und zwei abgebrochenen Schneidezähnen gesegelt war (das direkte Resultat ihrer Bemühungen, mit dem Dreirad über den Kaninchenstall zu springen) und dem traurigen Heimgang der nicht gefütterten Goldfische, war es Livi nicht so gut ergangen. Ihr Vater hatte keine besondere Neigung zu harter Arbeit, sondern konzentrierte sich mehr auf seine Anziehungskraft für das andere Geschlecht und verlor deshalb eine Reihe von Jobs. So hatten die Hunters, die früher in einem viktorianischen Pfarrhaus um die Ecke von Sarahs Familie wohnten, ausziehen müssen, um die Wohnungsbaugesellschaft zu besänftigen, die nach monatelangem Mietrückstand etwas ärgerlich geworden war.

Livis Mutter war aber an ihre Einbauküche, ihr Atelier im Gartenhaus und an wöchentliches Essen in Feinschmeckerrestaurants gewöhnt gewesen und hatte danach erst einmal einige Tage in der Field'schen Küche gesessen und in die getrockneten Rosenblätter geheult, Riesenmengen von Haferkeksen gemampft und an Scheidung gedacht. Dann hatte sie sich plötzlich aufgerafft, endlos »Stand by your Man« auf der Musikanlage dröhnen lassen und sich auf jedem Kunstmarkt im Umkreis von fünfzig Kilometern einen Stand gemietet. Doch der Verdienst durch die Keramikkobolde, auch wenn sie noch so kunstvoll modelliert waren, hatte die angespannte finanzielle Lage nicht retten können. Die Hunters waren in ein rotes Ziegelreihenhaus in der Nähe des Kanals umgezogen. Dort fertigte Judy weiterhin Hexer und Hexen in ihrem Hinterzimmer, lächelte mit zusammengebissenen Zähnen und erzählte jedem, dass bald alles wieder in Ordnung kommen würde, dass die Krise sie als Paar aufs Neue zusammengeschmiedet hätte, und merkte nicht, dass die häufigen Ausflüge ihres Mannes nach Runcorn nicht wegen seiner Arbeitssuche erfolgten, sondern um der schönen Rosalie den Hof zu machen. Sarah hatte Livi während der häufigen Abwesenheiten ihres Vaters und der damit verbundenen Stimmungstiefs ihrer Mutter getröstet, hatte sie mit Geschenken überhäuft, als Mrs. Hunter Livi plötzlich zwei Drittel des Taschengelds strich, und sie zu sich nach Hause zum Essen eingeladen, wenn Livis Mutter zu verstört war, um zu kochen. Außerdem versicherte sie ihr ständig, dass die meisten Männer (natürlich mit Ausnahme von Sarahs Vater) ihre Midlife-Crisis durchstehen mussten und dass Mr. Hunter zweifellos schon bald reuevoll wieder nach Hause zurückkehren würde; doch Sarahs Meinung nach war Livis eigenes Liebesleben der Bereich, wo die meiste Hilfe vonnöten war.

Während Piepsi weiter über Urgestein laberte, überlegte Sarah, dass das Blöde bei Livi war, dass sie aus lauter Liebesbedürftigkeit die einfachsten Handlungsweisen, z. B. wenn ein Junge eine Tüte Chips mit einem teilte, als Zeichen unsterblicher Liebe interpretierte. Sie zierte sich leider auch nie eine Sekunde: Sowie sie entschieden hatte, dass es diesmal *wahre Liebe* war, fing sie wieder an, sich Olivia zu nennen, weil das erwachsener klang, und dann wurde sie zur hingebungsvollen Sklavin ihres neuesten Schwarms. Vorigen Sommer hatte sie sich in Paul Roberts verknallt, den Supertyp vom Tennisteam. Sie hatte sich Sarahs Schläger ausgeliehen, sich immer beim Tennisplatz hingestellt und den Schläger hoffnungsvoll durch die Luft geschwungen. Als Todd Chambers, den Sarah noch für den Annehmbarsten von dem ganzen Haufen hielt, sich für das Abenteuerwochenende der Schule angemeldet hatte, war Livi trotz ihrer Abneigung gegen Schlamm, und obwohl sie bislang die freie Natur am liebsten durch Doppelglasfenster betrachtet hatte, auch mitgelatscht;

voller Hoffnung auf eine zweitägige Romanze auf dem Berggipfel. Sie wurde vom Schulbus mit einem verstauchten Knöchel, einer fiebrigen Erkältung und drei zerrissenen Leggins heimgebracht. Todd war in der Zwischenzeit mit Charlotte Gilbey im silbergrauen BMW ihres Vaters nach Hause gefahren. Was Livi brauchte, fand Sarah, war entweder eine so faszinierende Aufgabe, dass Livis Aufmerksamkeit von den Vertretern des anderen Geschlechts abgelenkt wurde (und da musste sogar Sarah zugeben, dass das wohl nur sehr schwierig zu erreichen war), oder es musste jemand gefunden werden, der Livi auf den Händen trug und mit ihr durch dick und dünn ging, bis Livi endlich seiner müde wurde und zum ersten Mal selber Schluss machte.

Sarah hätte diesem Problem gern länger hier und jetzt ihre ungeteilte Aufmerksamkeit gewidmet, doch Miss Plover kündigte gerade das bevorstehende Ende der Erdkundestunde an und Sarah hatte auch noch eine andere dringende Angelegenheit in der Mittagspause zu erledigen.

Sie musste zum Direktor und ihm ihren neuesten Plan zur Umgestaltung der Schule und des Schüleralltags mitteilen.

Sarah erzählt von ihrem Plan

Mr. Graham Golding war schon seit vielen Jahren der Direktor der Bellborough-Court-Schule und war in seinen Gewohnheiten ziemlich festgelegt, eine Haltung, die Sarah zu ändern gedachte. Zugegebenermaßen hatte sie bis jetzt darin nur sehr mäßigen Erfolg gehabt. Ihr Vorschlag, dass das jährliche Schulfest durch einen Schlagerwettbewerb im Stil der Eurovision abgelöst werden sollte, war ohne Diskussion abgelehnt worden; ihre Forderung nach einem Kummerkasten neben dem Lehrerzimmer war bis zur Schulkonferenz vorgedrungen, die geseufzt und amüsiert gelächelt hatte und sie auf die Warteliste setzte; ihr Entwurf für eine neue Schuluniform hatte ihr zwar von der Kunstlehrerin Mrs. Willis wegen seiner künstlerischen Note Lob eingebracht, doch auch das war nie über die Seite drei ihrer Projektarbeit hinausgedrungen. Aber als sie jetzt durch die Pausenhalle zum Direktionsbüro ging und über ihre letzte Idee nachdachte, fand sie die so genial, dass sie wusste, sogar der alte GeGe würde ihr nicht widerstehen können. Schließlich erzählte er den Schülern immer stundenlang, wie wichtig in der modernen Welt Mitgefühl und Fürsorge waren und dass alle von der Bellborough Court zum Wohle der Gemeinschaft zusammenhalten mussten. Sarah war sich sicher, dass ihr Vorschlag ganz entscheidend zur Verbesserung des Schulklimas beitragen würde.

Die Bellborough Court war keine bedeutende Privatschule, es war nicht mal eine unbedeutende Privatschule. Es handelte sich hier eigentlich nur um eine ehemalige Realschule, die damals bei der Entscheidung, entweder eine Privatschule zu werden oder sich in ein Gesamtschulsystem einzugliedern, das Erstere gewählt hatte. Die neu gegründete Privatschule gab sich das Motto »Absque labore nihil« (was bedeutete: »Nichts ohne Mühe« und worüber einige Mütter bemerkt hatten, es würde besser zu einem Kreißsaal als zu einer Provinzschule passen) und verlangte von den Eltern unverschämt hohe Schulgelder für das Privileg, dass ihr Nachwuchs dort unterrichtet wurde. Sarahs Vater musste für diese Kosten aufkommen und sah nicht so recht ein, was an der Lee-Hill-Gesamtschule so viel schlechter sein sollte, aber Sarahs Mutter hatte darauf bestanden, dass nur das Beste gut genug für ihre Töchter war. Wenn Mr. Field auch gelegentlich ihre Interpretation des Wortes »Beste« hinterfragte, so schloss er sich für gewöhnlich der Meinung seiner geliebten Gattin an und sprach solche Dinge nie laut aus.

Sarah klopfte an Mr. Goldings Tür und wartete.

»Herein!«

GeGe, ein großer, schlanker Mann mit grauen Schläfen und einer Nase, die wie ein nachträglicher Einfall in sein Gesicht geklebt schien, blickte bei Sarahs Eintritt fragend von seinen Papieren auf. Sie lächelte und hoffte, dass sie freundlich, aber nicht zu stürmisch aussah.

»Guten Tag, Sir.«

»Guten Tag, Sarah. Bitte setz dich doch.« Mr. Golding schraubte sorgsam die Kappe auf seinen Füller. »Was kann ich für dich tun?«

»Na ja, Sir, eigentlich dreht es sich mehr darum, was ich für Sie tun kann«, sagte Sarah eifrig.

»Ach ja?« Um Mr. Goldings Mundwinkel zuckte der ganz schwache Schatten eines Lächelns.

Sarah nickte. »Ich habe eine supergeniale Idee für die Schülerzeitung. Sehen Sie, Sir, wir müssen sie endlich mal modernisieren, sie leserfreundlicher gestalten, die Themen des Tages anpacken.« Den letzten Satz hatte sie aus dem *Guardian* aufgeschnappt und fand ihn sehr gut. Sie nahm ihre Aufgabe als Schülerzeitungskoordinatorin für den Jahrgang neun sehr ernst.

»Hm, Sarah, ich finde, du hast schon sehr gute Beiträge geliefert, dein Artikel über mehr Rollstuhlrampen in öffentlichen Gebäuden war sehr erhellend – wenn auch die Grammatik etwas zu wünschen übrig ließ.«

»Ach, das«, sagte Sarah abschätzig. »Das jetzt ist viel wichtiger. Ich möchte einen Kummerkasten starten.«

Wenn Sarah angekündigt hätte, sie wollte Nacktfotos von allen Mitgliedern des Lehrkörpers veröffentlichen, hätte GeGe nicht entsetzter dreinschauen können.

»O nein, Sarah, das geht auf gar keinen Fall«, sagte er entschieden. »Das Bellborough-Bulletin ist keine Boulevardzeitschrift. Damit sollen Eltern, Ex-Schüler und andere interessierte Leser über die Leistungen des letzten Jahres informiert werden, über sportliche Erfolge, Theateraufführungen …«

»Aber sehen Sie denn nicht, Sir, dass genau das Boulevardzeitungen machen, bloß schreiben die auch noch von Dingen, die die Menschen bewegen. So, wie ich das geplant habe, könnten die Leser ihre Probleme schildern und ich könnte sie beraten, so gut wie …« Mr. Golding musste auf einmal schrecklich husten.

»Sarah, wir haben Vertrauenslehrer und Verfügungsstunden, wo Schüler sich in der Gruppe aussprechen können …«

»Och, Sir, nun hören Sie aber mal auf!«, protestierte Sarah. »Würden Sie über die Scheidung Ihrer Eltern oder die Arbeitslosigkeit von Ihrem Vater oder so was in der Gruppe reden wollen? Aber mir könnten die Leute unter Decknamen schreiben und dann …«

»Es wird keinen Kummerkasten geben, Sarah. Tut mir Leid. Sicherlich sind deine Motive sehr menschenfreundlich, aber es geht nun mal nicht. Und außerdem glaube ich kaum, dass du über genügend Lebenserfahrung verfügst, um andere beraten zu können.«

Sarah sah bei diesem Zweifel an ihren Fähigkeiten etwas gekränkt aus. »Ich bin sehr gut im Beraten«, widersprach sie. »Für die meisten Probleme gibt es sehr einfache Lösungen, wenn die Leute nur in aller Ruhe darüber nachdenken würden.« Sie schwieg drei Sekunden. »Sie könnten es doch als Berufspraktikum betrachten, Sir. Ich werde nämlich Kummerkastentante, wenn ich mit der Schule fertig bin.«

»Ach wirklich? Tja, Sarah, tut mir Leid, aber meine Antwort bleibt Nein. Kein Kummerkasten.«

Sarah seufzte und wandte sich zur Tür.

»Oh, bevor du gehst, Sarah …«, Mr. Golding winkte sie noch mal zurück zum Stuhl. Sarah setzte sich.

»Ist bei dir zu Hause alles in Ordnung?«

Wieso denken die Erwachsenen jedes Mal, wenn man

auch nur mit dem kleinsten bisschen Ungewohnten ankommt, dass zu Hause alles total im Chaos ersäuft?, dachte Sarah bei sich.

»Danke, bestens.«

»Deiner Mutter geht es gut?«

Sarah nickte. Ihre Mutter war nie krank, weil sie Multivitaminpillen aß, Ginseng und Lebertran zu sich nahm und nur biodynamisch angebautes Gemüse kaufte.

»Und dein Vater – oft auf Geschäftsreisen, hm?«

»Nein, Sir, warum?«

Mr. Golding sah etwas nervös aus.

»Oh, nichts, nein, nichts Wichtiges.« Er fingerte an seinem Füller herum. »Ich hab ihm vor ein paar Wochen eine kurze Mitteilung geschickt, und als er nicht antwortete, dachte ich, er wäre verreist.«

Sarah zuckte die Achseln.

»Vielleicht ging der Brief verloren«, überlegte sie.

»Könnte sein«, sagte Mr. Golding. »Könnte sein. Ich schreib dann eben noch mal.«

»War es wichtig, Sir? Soll ich den Brief mitnehmen?«

Mr. Golding sah in ihr eifriges Gesicht, machte den Mund auf und klappte ihn wieder zu.

»Sir?«

»Nein, Sarah, es war nicht so wichtig«, beruhigte er sie. »Ich schreibe noch mal. Du kannst jetzt gehen.«

Sarah stand auf.

»Sir?«

»Ja, Sarah?«

»Sie möchten sich das mit dem Kummerkasten nicht noch mal überlegen?«

»Nein, Sarah, das möchte ich nicht.«

»Ich glaube, Sir«, sagte Sarah mit ernster Miene, »Sie machen da einen Fehler.«

»Damit«, sagte Mr. Golding, »muss ich dann wohl leben.«

Sarah denkt sich etwas aus

Sarah war sehr gekränkt, weil Mr. Golding ihren Vorschlag nicht positiver beurteilt hatte, aber sie gehörte nicht zu denen, die sich mit negativen Gedanken abplagen, und als sie ihre Bücher in die Mappe packte, überlegte sie, dass sie sich einfach eine andere Möglichkeit suchen musste, um so viel Leute wie nur möglich von ihren Beratungskünsten profitieren zu lassen.

Sie könnte zum Beispiel mal beim *Leehampton Echo* nachfragen, ob die keinen Bedarf für eine Seite mit einem Teenagerkummerkasten hatten. Oder für zwei Seiten. Doch zuerst musste sie das mit Livi gebacken kriegen.

Ihre Freundin war nirgendwo bei den Spinden zu entdecken und deshalb nahm Sarah an, dass sie schon zur Bushaltestelle gegangen war. Aber als sie zum Schultor rannte, sah sie Livi an der Mauer vom Musiktrakt lehnen, vertieft in ein Gespräch mit Luke Cunningham. Livis Meisterschaft im Klavierspielen (und auf der Oboe) hatte ihr das Leehamptoner Stipendium an der Bellborough Court eingebracht. Und Luke war der beste Flötist an der

Schule, also nahm Sarah an, dass die beiden sich über Musik unterhielten. Livi lauschte sehr aufmerksam auf das, was Luke auch immer zu sagen hatte, und er sah – wie meistens – bekümmert aus.

Luke Cunningham hatte Sarah schon immer sehr Leid getan. Auf seinem blassen Gesicht lag ewig ein sorgenvoller Ausdruck, sogar wenn er im Schulorchester spielte oder wieder mal einen Pokal für die Schülermeisterschaft im Schach gewann. Es gab auch keinen Grund, weshalb er besonders fröhlich aussehen sollte. An einem eisigen Morgen im letzten Jahr war Lukes Mutter von zu Hause losgefahren, um seinen Vater vom Flughafen Heathrow abzuholen. Irgendwo auf der Autobahn war ihr Auto auf Glatteis ins Rutschen gekommen, über den Mittelstreifen geschliddert und auf der Gegenseite mit einem Lastwagen zusammengeprallt. Luke hatte Sarah erzählt, dass seine Mutter nach Ansicht der Polizei sofort tot gewesen war. »Wahrscheinlich soll mir das helfen«, sagte er mit Tränen in den Augen. »Aber es hilft nicht.«

Sarah war eigentlich nie um Worte verlegen, doch zum ersten Mal in ihrem Leben wusste sie nicht, was sie sagen sollte. Also legte sie ihre Hand auf Lukes Arm, während er schniefte und sich deswegen entschuldigte. Dann sagte sie ihm, das wäre sein gutes Recht, und wann immer er jemanden zum Reden bräuchte, könnte er zu ihr kommen. Seither kam er ab und zu an und versuchte was zu sagen, aber es klappte nie, und dann sagte Sarah: »Ich versteh dich«, und danach sagte sie auch nichts mehr, weil sie ehrlich genug war, um einzusehen, dass sie nicht die leiseste Ahnung hatte, was Luke da durchmachte. Sie wünschte, sie könnte ihn irgendwie mehr zum Lächeln bringen.

Luke hätte richtig gut aussehen können, wenn er sich ein bisschen mehr Mühe geben würde. Mit einem richtigen Haarschnitt an Stelle dieser langen sandfarbenen Strähnen, die ihm in die Augen hingen. Und wenn er eine schickere Brille aufsetzen würde. Außerdem müsste er mal Propoliscreme auf seine Akne schmieren oder Teebaumöl. Sarah wusste über Naturheilmethoden ganz gut Bescheid, weil ihr klar war, dass die Leute solche Sachen von ihr wissen wollten, wenn sie erst mal Kummerkastentante war, und es war nie zu früh, sich darüber zu informieren.

Wahrscheinlich war es so: Wenn man keine Mutter hatte, kriegte man von niemandem mehr ein paar Tipps. Luke sah irgendwie immer verloren aus, als ob er jemanden brauchte, der sich mal richtig um ihn kümmerte. Sarah seufzte. Er war noch schlimmer dran als Livi; die vermisste zwar ihren Vater wahnsinnig, aber er war wenigstens noch am Leben und tauchte hin und wieder auf, während Lukes Mutter nie zurückkommen würde.

Livi und Luke. Luke und Livi! Das war genial. Sogar ihre Namen klangen gut zusammen. Das war die perfekte Lösung. Livi konnte jemanden, der sie wirklich nötig hatte, mit all ihrer Liebe überschütten und Luke wäre so begeistert, dass er endlich eine Freundin hatte, dass er nie Schluss machen würde. Ganz offensichtlich mochte er sie gut leiden, weil er sich schon seit mindestens drei Minuten mit ihr unterhielt, und längere Konversationen gehörten eigentlich nicht zu seinen Gewohnheiten.

Luke und Livi. Sarah wiederholte ihre Namen im Kopf wie ein Mantra. Wieso war ihr das nicht schon längst eingefallen. Das war doch die ideale Freundschaft, die musste einfach in Gang gebracht werden. Jetzt brauchte Sarah sich nur noch darum zu kümmern, dass das auch geschah.

Sarah spricht sich aus

»Worüber hast du dich denn mit Luke unterhalten?«, fragte Sarah wie nebenbei, während sie nach dem Haltegriff im Schulbus langte, als er auf den Zubringer einschwenkte.

»Och, nichts.« Livi errötete leicht, drehte sich weg und sah aus dem Fenster.

Aha, dachte Sarah. Das ist ja viel versprechend.

»Er ist ein echt netter Typ, nicht wahr?«, sagte Sarah ermutigend. »Ich find ihn okay«, fügte sie hinzu, denn sie wusste, ihre gute Meinung war für die leicht beeindruckbare Livi sehr wichtig.

»Ach, ja?«, sagte Livi überrascht und drehte sich wieder zu Sarah um.

»Klar doch«, Sarah klang ganz begeistert. »Er ist ein netter Kerl.«

»Toll«, sagte Livi nachdenklich, »das finde ich gut.«

»Wieso?«, fragte Sarah listig.

»Och, nur so.«

Sarah war höchst zufrieden. Sie wusste genau, dass Livi sich mit ihrer Zustimmung bestimmt in Luke verlieben würde.

Sarahs unausgesprochene Hoffnung, dass das Gespräch über Luke alle Gedanken an den widerlichen Ben aus Livis Kopf vertrieben hatte, wurde jedoch zerstört, als der Bus in die Ecton Lane einbog.

»Ich habe eine Superidee«, vertraute Livi ihr an, »ich werde Ben einen Brief schreiben, ihn zu seinem Hausbriefkasten bringen und dann ...«

»... und ihn sehen lassen, wie du hinter ihm hergekrochen kommst? Niemals!«, protestierte Sarah leidenschaftlich. »Hör mal, Livi, von jetzt an musst du dich ganz anders verhalten. Du musst dich rar machen und geheimnisvoll sein. Melissa sagt, Jungs finden es klasse, wenn sie nicht durchblicken«, fügte sie hinzu, um ihrer Theorie Glaubwürdigkeit zu verleihen.

Livi verzog das Gesicht. »Na, deine Schwester muss es ja wissen, bei den Massen an Freunden, die sie schon hatte! Geht sie immer noch mit Nathan?«

Sarah nickte. »Irgendwie schon – aber das dauert bestimmt nicht mehr lange, ihre Sternzeichen passen absolut nicht zueinander. Jetzt gibt es ja auch noch Jake und der ist wirklich ganz verrückt nach ihr. Ich mag ihn, weil er mir meine Französisch-Hausaufgaben macht.«

Livi sah traurig drein. »Französisch ist Bens Lieblingsfach«, jammerte sie. »Er sagte – früher sagte er –, dass mein Mangel an Sprachgefühl liebenswert sei.«

»Überheblicher Trottel!« Sarah fand das reichlich

dreist, denn Ben konnte nur deshalb so gut Französisch, weil seine Mutter aus Lyon stammte. Wieso machte er dann spöttische Bemerkungen über eine, die in allen naturwissenschaftlichen Fächern nur Einsen hatte und deshalb eine Drei in Englisch als Schande ansah? »Du weißt, was dein Problem ist, nicht?«

»Dicke Oberschenkel und Sommersprossen.« Livi seufzte und zerrte ohne Erfolg am Saum ihres Rockes.

»Zu geringes Selbstwertgefühl«, verbesserte Sarah, die den Ausdruck bei einem Radiointerview gehört und sich gemerkt hatte, weil er so eindrucksvoll klang. »Du musst an dich selbst glauben.«

»Woran soll ich denn da glauben?«, jammerte Livi und zerrte an einer kräuseligen blonden Haarsträhne, während sie böse auf die Reflexion in der Fensterscheibe starrte. »Du hast gut reden – du hast ja alles. Tolle Haut, glatte Haare, eine Figur mit den richtigen Kurven an den richtigen Stellen und Eltern, die sich gegenseitig anbeten. Wie sollst du denn auch wissen, wie es einem geht, wenn man fett und hässlich ist und keiner einen lieb hat?«

»Oh, Livi!«, rief Sarah aus. »Jetzt bist du aber echt bescheuert. Du bist nicht dick, du bist ziemlich hübsch, und bloß weil dieser blöde, eingebildete Ben Bryant sich eine andere Schnitte geangelt hat, die ihm dauernd aufs Butterbrot schmiert, wie toll er ist –«

»Es geht nicht nur um Ben«, gab Livi zu und kaute an ihrer Unterlippe. »Ich hab meinen Vater schon seit Urzeiten nicht mehr gesehen, und jedes Mal, wenn ich ihn anrufe, sagt er, er hätte schrecklich viel zu tun und er würde mich bald besuchen kommen, aber dann kommt er nie.

Jetzt, wo der diese blöde Rosalie hat, bin ich ihm total egal.«

»Bist du gar nicht!«, sagte Sarah energisch. »Ich hab dir gesagt – Männer müssen nun mal durch diese Midlife-Crisis durch. Ich bin mir ganz sicher, dass deine Mutter ihn wieder nach Hause locken wird.«

»Da wär ich mir nicht so sicher – wahrscheinlich will sie ihn gar nicht mehr«, gestand Livi traurig. »Immer wenn ich das Gespräch auf Papa bringen will, faucht sie mich an und sieht total gekränkt aus und fragt, warum ich noch an ihn denke, wo ich doch sie habe. Egal, was ich mache, immer fühle ich mich schuldig, weil ich was gesagt habe.«

Sarah seufzte. Bestimmt kannte sich Mrs. Hunter mit interpersoneller Kommunikation aus – sie hatten das neulich in Psychologie gehabt und Sarah hatte Mrs. Joll erzählt, dass in der Familie Field abends beim Essen alles besprochen wurde und dass das immer gute Auswirkungen hätte. Mrs. Joll hatte gemurmelt: »Na, du Glückliche«, in einem Ton, den Sarah etwas befremdlich fand.

»Hör mal, Livi«, sagte sie und hob ihre Mappe auf, als der Bus am Ende der Straße hielt. »Du willst deinen Vater doch wieder sehen, oder?«

»Hab ich doch grad gesagt, hä?«

»Also – wenn deine Mutter nichts dazu tut, dann musst du es eben selbst organisieren!«

»Und wie?«

»Na, ganz einfach. Du musst es so hinkriegen, dass ihm gar nichts anderes übrig bleibt, als dich besuchen zu kommen.«

»Und wie?«, wiederholte Livi, die zwar hochintelligent war, wenn es um Pythagoras ging, aber nur selten originelle Ideen hatte.

Sarah seufzte. »Ich werde mir was einfallen lassen.«

Sarah macht eine Bekanntschaft

In der Nähe von Great Ecton, wo die Fields wohnten, hatte es früher ein hübsches Dörfchen gegeben, aber das war im Lauf der Zeit von Leehampton geschluckt worden, und nun war es das, was die Immobilienmakler »eine der Gegenden mit der besten Wohnqualität der Stadt« nannten und von dem Sarahs Großmutter behauptete, man hätte es kaputtgemacht. Die Besitzer der alten Steinhäuser hatten den größten Teil ihrer Gärten verkauft, dorthinein hatten schlaue Bauunternehmer so viele moderne Häuser gequetscht, wie sie ungestraft unterkriegten, und die so entstandenen kleinen Sackgassen mit pompösen Namen versehen wie »Schöne Aussicht« oder »Stolzwiese«. Auf den Feldern der ehemaligen Bauernhäuser standen jetzt Reihenhäuser und unten beim Kanal wurden alte Bootsschuppen in überteuerte Restaurants verwandelt, mit Namen wie »Fonduetopf« oder »Fährhaus«. Doch alle Bewohner von Great Ecton sprachen noch immer vom »Dorf«, in dem Versuch, in Abgrenzung zum Nachbarort Billington eine ländliche Atmosphäre zu beschwören.

Sarah spazierte die Ecton Lane entlang und grübelte darüber nach, wie sie Luke und Livi zusammenbringen könnte und wie sie es anstellen sollte, damit Livis Vater endlich die blöde Rosalie sitzen ließ und in den Schoß seiner sich nach ihm verzehrenden Familie zurückkehrte. Sie überlegte gerade, ob sie Mr. Hunter schreiben und ausführlich darstellen sollte, dass Livi nichts mehr aß und dahinsiechte, als eine etwas quäkige Stimme ihre Gedanken unterbrach.

»Könntest du mir vielleicht einen Gummi pumpen?«

Sarah drehte sich um. Auf der Holzbank vor der Grundschule saß eine unglaublich magere alte Frau mit einem wettergegerbten Gesicht, das so zerknittert war wie mehrmals benutztes Einwickelpapier. Zu ihren Füßen standen eine schäbige Tasche und zwei Einkaufstüten. Sie trug ein Paar knallrote Kordhosen, einen Anorak in Neonpink und eine grüne Filzmütze mit einer ziemlich schlappen Feder. Sie sah aus wie ein runzliges Radieschen.

»Wie bitte?«, fragte Sarah höflich.

»Einen Gummi, Schätzchen – ich wollte nur wissen, ob du einen übrig hast, oder zwei.« Die Stimme klang überraschend freundlich und wohlerzogen. »Es ist nur so – dieser Anorak hier – nur fünfzig Pence, Schätzchen, vom Flohmarkt, ziemlich schick, fand ich –, na ja, also die Ärmel, siehst du –«, sie wedelte mit ihren dürren Armen in Sarahs Richtung, »die sind ein bisschen zu lang, wenn du verstehst, was ich meine.« Sarah wühlte in ihrer Schulmappe und zog dann von ihrem Biologiehefter das Gummiband ab und ein anderes fand sie im Federmäppchen.

»So was wie die?«, fragte sie.

»Ausgezeichnet«, rief die alte Dame und klatschte vor Freude in die Hände. »Vielen Dank.«

Sie zog die Gummibänder über ihre Handgelenke, schupfte damit die Ärmel hoch und freute sich über die Wirkung.

»Oh, übrigens, ich heiße Ada«, sagte sie. »Und du?«

»Sarah Field.« Sarah schüttelte die ausgestreckte runzelige Hand. »Ich hab Sie hier noch nie gesehen. Wo wohnen Sie?«

Die alte Dame lachte in sich hinein. »Hier und da und eigentlich überall«, sagte sie. »Ich komme rum«, fügte sie hinzu, mit der Lässigkeit von Reisenden, die jährlich zweimal eine Kreuzfahrt durch die Karibik machten.

»Was? Wollen Sie damit sagen, Sie sind eine Landstreicherin?«, fragte Sarah ungläubig.

»Nein, ganz gewiss will ich damit nicht sagen, dass ich eine Landstreicherin bin«, schnaubte die alte Frau. »Sehe ich vielleicht aus wie so eine?« Sarah gab lieber keine Antwort auf diese Frage. »Mir gefällt es eben herumzukommen. Und wenn du mich jetzt entschuldigen willst, es ist Zeit für meine Teestunde.« Und während sie das sagte, holte sie eine überreife Banane aus ihrer Jackentasche.

»Aber wo schlafen Sie denn?« Sarah ließ sich nicht ablenken. Die alte Frau hörte mit dem Mümmeln auf. »Gestern in einer Bushaltestelle. Davor in einer sehr gemütlichen Scheune. Manchmal«, sie hob die Schultern und schüttelte sich ein bisschen vor Freude, »in einem Obdachlosenheim – heiße Dusche, Suppe und Brot und am allerschönsten: Zeitungen zum Lesen. Am liebsten lese ich den *Guardian*, weißt du. Man muss sich ja auf dem Laufenden halten.«

»Aber das ist ja schrecklich!«, rief Sarah aus. »Und wie ist es heute Abend?«

Die alte Dame zuckte die Achseln. »Wo auch immer. Ich untersuche noch die Möglichkeiten.«

Sarah traf eine Entscheidung.

»Sie müssen mit mir kommen. Bald ist es dunkel und es wird kalt. Wir haben massenhaft Platz – Sie können baden und meine Mutter ist eine phantastische Köchin und ...«

Die alte Dame schüttelte unnachgiebig den Kopf.

»Sehr freundlich, Schätzchen, aber das geht nicht. Das wäre nicht in Ordnung.«

»Natürlich wäre das okay! Kommen Sie mit, es ist nur um die Ecke.«

Die alte Dame schüttelte wieder den Kopf.

»Lieber nicht.« Dann wurde ihr Gesichtsausdruck sanfter. »Aber trotzdem vielen Dank.«

»Bleiben Sie nur kurz da«, befahl Sarah. »Ich bin gleich wieder zurück.«

Sarah hatte bereits beschlossen, dass Ada keine Nacht mehr auf der Straße zubringen sollte. Nicht, wenn sie es verhindern konnte.

»Mama, hör mal, da gibt es so eine alte Frau und sie weiß nicht, wo sie schlafen soll, und ich dachte, sie könnte mitkommen und hier baden und ...«

Mrs. Field stellte gerade aus zwei gebogenen Zweigen, einer Kerze und einer Lilie etwas wahnsinnig Künstlerisches am Tisch her. Sie drehte sich um und sagte: »Mal ganz ruhig – was für eine alte Frau?«

»Sie ist eine Landstreicherin – na ja, eigentlich keine Landstreicherin, eine Reisende, und ich dachte, sie könnte …«

Sarahs Mutter hob die makellos manikürte Hand und zwei große Diamanten funkelten im Licht.

»Jetzt halt mal die Luft an, meine Süße«, ordnete sie an. »Wir werden uns nicht mit solchen Leute abgeben und das ist mein letztes Wort.« Sie trat einen Schritt zurück und betrachtete mit kritischem Blick ihre Tischdekoration.

»Aber Mami, sie schläft im Freien und ich bin sicher, dass sie nicht genug isst. Sie ist schrecklich dünn.«

Ihre Mutter zuckte mit den Schultern. »Solche Leute haben sich das selber eingebrockt«, erklärte sie. »Misch dich da nicht ein, Sarah.«

Sarah sah ihre Mutter wütend an.

»Du bist so was von gemein!«, brüllte sie. »Tust du denn gar nichts für die Unterprivilegierten?«

»Natürlich tu ich was«, protestierte Mrs. Field und kniff ein Lilienblatt ab. »Ich tu eine ganze Menge, weißt du – die Haussammlungen für die Kleiderspenden und dann mein Stand beim Kirchenbasar –, aber es ist was ganz anderes, wenn man eine stinkende alte Frau von der Straße ins Haus zerrt.«

»Sie stinkt nicht«, sagte Sarah. »Und wie würde es dir gefallen, wenn du obdachlos wärst?«

Sarahs Mutter lächelte und tätschelte ihr glänzendes rabenschwarzes Haar, das mit erheblicher Unterstützung der teuren Tönungsbehandlungen des Salons »Haarscharf« seinen schwarzen Glanz behielt.

»Tja, das würde mir nicht passieren, nicht wahr, weil Leute wie wir dafür sorgen, dass es uns nicht so ergeht. Was meinst du, soll ich das in die Diele stellen oder ins Wohnzimmer?« Und während sie noch ihr kunstvolles Blumengesteck auf der Hand balancierte, ging sie bereits in die Diele.

Sarah sah ihr nach und runzelte nachdenklich die Stirn. Dann machte sie den Kühlschrank auf und holte zwei Jogurts, ein Stück Käse und ein paar Scheiben Parmaschinken heraus. Sie schnitt eine Scheibe von dem Mokka-Walnuss-Biskuitkuchen ab, für den ihre Mutter berühmt war, schnappte sich aus der Obstschale zwei Äpfel und schlüpfte durch die Hintertür davon.

Die Bank war leer. Als einziger Beweis dafür, dass Ada jemals hier gewesen war, lag eine Bananenschale zwischen den Brennnesseln und dem Löwenzahn, die am Schulzaun wuchsen. Sarah rannte zur nächsten Ecke und sah den Hügel rauf und runter. Nichts.

Sie fühlte sich hereingelegt. Sarah war eine leidenschaftliche Kämpferin für die gute Sache, aber es war doch ziemlich enttäuschend, wenn die gute Sache verschwand, bevor man sie mit Großmut überhäufen konnte.

Sie biss ein Stück von dem Kuchen ab, der eigentlich als ein Teil von Adas Abendbrot gedacht war, und lief die Straße zurück. Sie hoffte nur, dass es Ada gut ging. Sie schien doch ein bisschen zu alt, um einfach so herumzuwandern. Vielleicht sollte Sarah die Polizei anrufen, dann würden die ihr ein warmes Zimmer für die Nacht geben. Das war eine gute Idee. Wenn Sarah nun schon nicht die Rolle des rettenden Engels spielen konnte, dann konnte sie doch wenigstens dafür sorgen, dass andere das taten.

Sehr zufrieden mit dieser Lösung beschleunigte Sarah ihre Schritte, und als sie um die Ecke bog, sah sie ihren Vater in der Auffahrt stehen, den teuren Kaschmirmantel lässig über die Schulter geworfen. Er streichelte hingebungsvoll die Kühlerhaube von seinem grünen Jaguar-Sportwagen.

»Hallo, Paps!«, rief Sarah. »Du bist ja früh da.«

Leo Field zuckte zusammen, als hätte man ihn aus einem Traum aufgeweckt, und sah seine Tochter an.

»Was? Oh, hallo, meine Süße.« Seine dunkelbraunen Augen leuchteten bei ihrem Anblick auf.

»Knutschst du mal wieder dein Auto ab?«

Ein alter Familienwitz besagte, falls die Fields von Hochwasser, Feuersbrunst oder Hungersnot bedroht würden, geriete Mr. Field ziemlich in die Bredouille, wen er nun zuerst retten sollte: seine Familie oder seinen geliebten Jag.

Sarahs Vater lächelte müde, sah sein Auto noch einmal liebevoll an und wandte sich zum Haus. Sarah fand, er sah irgendwie grau aus. Seine Schultern hingen herab und sein sonst immer makellos gebügeltes Jackett war zerknautscht und zerknittert. Er holte eine Schachtel mit extrastarken Pfefferminzbonbons aus der Hosentasche und bot ihr eins an.

»Alles in Ordnung, Paps?« Sarah ließ ein Bonbon in ihren Mund gleiten.

Er sah sie lange an und lutschte an seinem Bonbon. Dann holte er tief Luft und lächelte.

»Ja, Sarah, Spätzchen, alles in Ordnung.«

»Gut. Oh, übrigens, ich war heute beim ollen GeGe – Mr. Golding«, fügte sie hinzu. Mr. Field sah sie aufmerksam an.

»Ist schon okay«, beruhigte sie ihn. »Ich hatte keinen Ärger. Er sagte nur, dass ein Brief an dich wohl verloren gegangen sein muss.«

Mr. Fields Schultern schienen noch etwas tiefer zu sacken und er schloss kurz die Augen.

»Oh. Gut.«

»Paps – bist du auch sicher, dass alles okay ist?«, fragte Sarah ängstlich.

Mr. Field lächelte breit und legte den Arm um ihre Schultern.

»Na klar«, sagte er fröhlich. »Nie ging's mir besser.«

Sarah war sehr zufrieden.

»Dann ist es ja gut. Weil wir heute doch über die Ferien und Mellys Party reden wollen.«

Ihr Vater blieb plötzlich stehen, schloss die Augen, sah dann zum Himmel und holte noch einmal tief Luft.

»Das wird doch nicht wieder einer von diesen Planungsabenden deiner Mutter?«, sagte er flehend.

Sarah kicherte.

»Stimmt genau.«

Sonst hatte ihr Vater bei solchen Anlässen immer eine witzige Grimasse gemacht und gesagt, er würde gleich in seiner Dunkelkammer verschwinden und ein paar Negative entwickeln, bis die Probleme beseitigt waren, und einfach darüber lachen. Stattdessen fuhr er sich mit den Fingern durch seine grau werdenden Haare, rieb sich hinten den Hals und sagte mit einer merkwürdig leblosen Stimme: »Das ist genau, was ich jetzt noch brauche.«

Und aus irgendeinem Grund verursachte das Sarah ein sehr unbehagliches Gefühl im Magen.

Tratschen über Jungen

Sarah marschierte mit dem Vorsatz in die Diele, sofort bei der Polizei anzurufen und eine Suche nach Ada einzuleiten. Doch sie wurde von ihrer Schwester daran gehindert, das in die Tat umzusetzen, denn die saß auf der untersten Treppenstufe, umklammerte den Hörer mit weißen Fingerknöcheln und sah überhaupt nicht glücklich aus.

»Das ist das Dümmste, was ich je in meinem Leben gehört habe!«, wütete sie. Dann gab es eine Pause. »Ich bin doch nicht dein persönliches Eigentum. Wenn du so darüber denkst, kannst du mir den Buckel runterrutschen! Tschüss!«

Melly knallte den Hörer auf das hochmoderne Telefon, das einen Satz auf dem Dielentisch machte.

»Jetzt wissen sie Bescheid«, kommentierte Sarah trocken, als ihre Schwester die Treppe hochstürmte, immer zwei Stufen auf einmal.

»Ach, du bist's.« Melly sah über ihre Schulter zurück. »Ehrlich, ich bin durch mit Kerlen, garantiert!«

Sarah war seit jeher der Ansicht, dass an dem Tag, an dem sich ihre Schwester vom andern Geschlecht lossagte, auch die Hölle zufrieren würde, aber sie hielt sich zurück und sagte nichts dazu.

»Wer ist es denn diesmal? Nathan? Jake?«, forschte Sarah, die Melly die Treppe hoch gefolgt war.

Sarahs Mutter tauchte mit einem Stapel Illustrierten aus dem Schlafzimmer auf.

»Du hast dich doch nicht mit Jake verkracht, Schatz, oder?«, fragte sie ihre ältere Tochter und Sarah registrierte sehr wohl den hoffnungsfrohen Ton in der Stimme ihrer Mutter. Sie wusste, dass ihr Nathan Meade viel besser gefiel: Der trug Designerklamotten, sein Vater war Parlamentsabgeordneter für Leehampton und Kettleborough und er ließ die East-Midlands-Oper in einem Zelt auf seinem Rasen gastieren. Nathan besuchte die landwirtschaftliche Hochschule und bereitete sich darauf vor, in die Fußstapfen seines Vaters zu treten. Mrs. Field war im letzten Sommer zu einer der berühmten Musiksoireen der Meades eingeladen worden und sorgte jetzt mit großer Befriedigung dafür, dass alle ihre Freundinnen erfuhren, dass Melissa mit dem Erben von Meade-Hall-Farm befreundet war. Dass sie außerdem auch noch mit Jake Winters ging, dessen Vater Installateur war und dessen Mutter als Kassiererin im örtlichen Supermarkt arbeitete, wurde nie erwähnt. Jake besuchte die Kunsthochschule und verdiente sich oft ein zusätzliches Taschengeld durch Pflastermalerei, wenn er auf dem Marktplatz mit Kreide wunderschöne Bilder zeichnete – eine Tätigkeit, die Sarahs Mutter für so popelig hielt, dass sie

sie nicht der Erwähnung wert erachtete. Es gab schon hin und wieder Augenblicke, in denen Sarah sich Gedanken machte, ob ihre Mutter nicht ein winziges bisschen snobistisch war.

»Mit Jake verzankt? Nein, natürlich nicht«, erklärte Melissa und vom Gesicht ihrer Mutter verschwand der Hoffnungsschimmer. »Er ist einfach wunderbar.«

»Ich glaube nicht«, sagte Sarah, nachdem die Schwestern in Mellys Zimmer gegangen und die Tür geschlossen hatten, »dass Mami von Jake wahnsinnig begeistert ist.«

Sarah kannte die Bedenken ihrer Mutter gegenüber einem – wie sie es nannte – »langen Happening mit einem Brilli im linken Nasenflügel und wirrem Haar, das dringend der Fähigkeiten von Candice aus dem Salon ›Haarscharf‹ bedurfte«. Sie erinnerte sich noch an den Abend, als Melly aus dem Jazzklub nach Hause gekommen und ins Wohnzimmer geplatzt war und ihre neueste Liebe hinter sich herzerrte.

»Das ist Jake und es ist doch okay, wenn er heute Nacht hier knackt, ja?«, hatte sie gefragt.

Sarah hörte gerade eine neue Boy-Group-CD auf ihrem Walkman und sah zu, wie ihre Mutter den »Wie nett, Sie kennen zu lernen«-Ausdruck auf ihr Gesicht zauberte, während sich ihr Mund öffnete und schloss wie bei einem Goldfisch. Sarah hatte sich den Kopfhörer runtergerissen, gerade noch rechtzeitig, um »Fühlen Sie sich wie zu Hause« mitzukriegen, und hörte Jake antworten: »Besten Dank auch«, und dann verschwand er im Gästezimmer. Wie Sarah feststellte, lag seither wieder eine zerlesene

Ausgabe von »Teenagerjahre ohne Trauma« auf dem Nachttisch ihrer Mutter.

»Mami kann Nathan besser leiden, weil er sich ordentlich benimmt und ihr immer erzählt, wie jung sie aussieht«, urteilte Melly. »Aber jetzt sagt er, wenn Jake zu meiner Geburtstagsparty kommt, dann kommt er nicht, und das ist so dämlich, dass ich es kaum glauben kann. Er denkt, weil er mir zwei Dutzend rote Rosen zum Valentinstag geschenkt hat, gehöre ich jetzt ihm.«

Sarah betrachtete nachdenklich die zwei großen Vasen mit Blumen auf Mellys Fensterbrett.

»Vielleicht ist er so schrecklich in dich verliebt, dass er keine Rivalen aushält«, mutmaßte sie. »Vielleicht ist er von Eifersucht zerfressen.«

»Pech. Ich gehöre niemandem, nur mir selber.«

Sarah beschloss, sich den Satz zu merken, denn sie fand ihn ziemlich beeindruckend. Manchmal trafen Melissas Sätze den Nagel auf den Kopf.

»Außerdem«, Melissa verzog die Lippen und trug zwei großzügige Schichten von braunem Lippenstift auf, »kriegt er sich schon wieder ein – ich weiß, wie ich ihn anpacken muss.«

Sie ergriff eine Bürste und fing an mit gleichmäßigen Strichen ihr zu einem perfekten Pagenkopf gestutztes Haar zu bürsten.

»Und wen kannst *du* besser leiden?«, fragte Sarah, während sie ein Paar Ohrringe von Melissa anprobierte.

Melly zuckte die Achseln. »Das hängt davon ab, wozu ich sie gerade brauche. Weißt du, mit Nathan kann man klasse angeben – auf Partys und Bällen und so. Er hat mich zum Frühlingsball im nächsten Monat eingeladen.«

»Wow!« Sarah war beeindruckt. »Dann kommst du bestimmt in die *Bunte* oder *Gala*«, stellte sie neidvoll fest.

»Die Meades kennen jede Menge einflussreiche Leute und Nathan findet mich toll, das hilft natürlich.«

»Also magst du ihn lieber als Jake?« Sarah betrachtete ziemlich zufrieden ihre Ohrläppchen.

Melissa seufzte.

»Ich weiß nicht. Jake ist eine ziemliche Null, was Partys angeht, er ist dauernd pleite und zieht sich furchtbar an. Aber er kann unheimlich süß sein und ich kann mich mit ihm stundenlang über alles und jedes unterhalten – er hat wahnsinnig viel Grips.«

»Seine Figur ist auch nicht gerade schlecht.«

»Sarah!« Melissa kicherte. »Ich hätte gar nicht gedacht, dass dir so was auffallen würde – meine kleine Schwester wird erwachsen!«

Sarah lachte gutmütig und streckte Melissa die Zunge raus.

»Aber irgendwann musst du dich entscheiden, oder?«, sagte sie dann vernünftig. »Du kannst doch nicht auf ewig beide am Bändchen hinter dir herschleifen.«

»Warum nicht? Behandle sie fies und sie danken dir dies – das musst du bei Jungs immer beachten. Du kannst die Ohrringe behalten, wenn du sie willst.«

»Echt?«

»Das ist ja nur Modeschmuck, kein echtes Silber«, sagte Melissa. »Nimm sie.«

Sarah steckte sie hocherfreut ein.

»Also sind sie total eifersüchtig aufeinander – Nathan und Jake, meine ich?«

Melissa zuckte die Achseln. »Nathan denkt, dass ich zu gut bin für Jake.« Sie hörte sich ziemlich zufrieden an. »Und Jake sagt, Nathan wäre ein verlogener Dünnbrettbohrer.« Sie zupfte sich ein Haar aus der Augenbraue, das aus der Reihe tanzte. »Aber das ist sowieso nicht so wichtig, weil Vicki und ich ja bald weg sind, und da müssen sie eh ohne mich auskommen.«

»Hm«, sagte Sarah nachdenklich. Vielleicht würde Jake echt traurig sein, überlegte sie, und sie könnte ihn dann trösten. Der Gedanke, dass sie Jake Winters eine Schulter zum Sich-dran-Ausheulen anbieten könnte, gefiel Sarah ungemein.

Granny Jay hat Neuigkeiten

Sarah war nach ihrem Anruf bei der Polizei von Leehampton sehr unzufrieden. Sie hatte gemeldet, dass Ada von der Bank verschwunden war, wo Sarah sie zurückgelassen hatte, und dass sie ihrer Meinung nach dringend ein heißes Bad und etwas Vernünftiges zu essen brauchte. Der Beamte am anderen Ende hatte geprustet und gefragt, in welcher verwandtschaftlichen Beziehung Sarah zu der vermissten Person stände. Als Sarah ihm erklärte, sie hätten sich zwar erst vor kurzem kennen gelernt, dass aber

Ada unbedingt ein Dach überm Kopf brauchte und dass ihrer Meinung nach die Polizei einen Streifenwagen herschicken und Ada irgendwo hinbringen sollte, wo sie es warm und gemütlich hätte, schien der Beamte am anderen Ende einen Erstickungsanfall zu bekommen. Er schwafelte dann was von »Man könnte nicht für jeden Stromer im Bezirk sorgen, und wenn Ada niemandem was täte und freiwillig von der Bank verschwunden war, dann könnte er nichts tun«. Sarah teilte ihm energisch mit, dass sie an ihren Parlamentsabgeordneten und den Premierminister schreiben wolle und wahrscheinlich auch der Königin und legte auf.

Ihrer Meinung nach kümmerten sich die Menschen nicht genug umeinander. Wenn sie erst einmal viel Geld als Kummerkastentante verdient hätte, würde sie für arme Obdachlose ein Heim eröffnen. Sie konnte zu einer Art Mutter Teresa von Leehampton werden.

Granny Jay kam oft freitagabends zum Essen, und als Sarah nach unten polterte, sah sie einen Strickhut in verschiedenen Lilaschattierungen und einen blauen Plastikregenmantel unbestimmten Alters übers Geländer geworfen, woran sie erkannte, dass Gran bereits da war.

Und richtig, sie saß am blank polierten Küchentisch aus Kiefernholz, eine geblümte Schürze umgebunden und schnippelte einen Haufen Gemüse mit einer Wut, die darauf schließen ließ, dass sie gegen jede einzelne Möhre tiefsten Hass empfand.

»In meinem ganzen Leben habe ich noch nie so was gehört«, sagte sie gerade, als Sarah die Küchentür aufstieß.

»Hallo, Gran!«, rief Sarah. »Was hast du noch nie gehört?«

Sarahs Mutter saß am Tisch, palte Erbsen und drehte sich zu ihrer Tochter um.

»Gran hat mal wieder einen ihrer Anfälle.« Sie zwinkerte Sarah zu.

Grans Anfälle waren wohl bekannt, nicht nur bei ihrer Familie, sondern auch bei ihren Nachbarn, der Gemeinde der St. Nicholaskirche (wo sie immer wie ein Rohrspatz schimpfte, wenn der Chor falsch sang oder wenn die Messingteile an den Geländern nicht so blitzblank gewienert waren, wie ihre Ansprüche das verlangten) und am allerbesten all denjenigen, die ihr rieten, es nach ihrem siebenundsiebzigsten Geburtstag nun doch etwas langsamer angehen zu lassen.

»Faule Hände kriegen ihre Arbeit vom Teufel«, sagte sie dann immer und verteilte weiter das Kirchenblättchen und organisierte die Seniorennachmittage, ging zu ihrem Malkurs und erzählte allen, die es hören wollten, dass die Politiker samt und sonders Trottel seien und dass alles früher viel besser gewesen sei.

Wenn Granny Jay sich erst einmal eine Meinung gebildet hatte, dann konnte sie über das Thema endlos reden, zwischendurch die Lippen zusammenkneifen und laut schnauben, bis sie sich dann auf einmal erleichtert darüber, dass sie sich alles von der Seele geredet hatte, zurücklehnte und sagte: »Was man nicht heilen kann, muss man aushalten«, und weitermachte, als ob nichts gewesen wäre. Ihre Umgebung brauchte dann meist noch Stunden, um sich von dieser Erfahrung zu erholen.

»Da bist du ja, Sarah, mein Schätzchen!« Granny Jay stand auf und schmatzte einen feuchten Kuss auf Sarahs Stirn. Gran war nicht nur eigensinnig und redete in Sprichwörtern, sondern sie kümmerte sich auch immer um überflüssige Dinge. »Bist du in diesem Haarband von einem Rock auch warm genug angezogen?«

Sie ging hinüber zum Herd und schmiss das massakrierte Gemüse in einen Topf.

»Mir geht's prima, Gran.« Sarah lachte. »Was hast du denn jetzt wieder zu meckern?«

Granny Jay richtete sich zu ihrer vollen Höhe von ein Meter fünfundfünfzig auf. »Ich *meckere* über gar nichts. Ich habe nur gerade gesagt, wenn es eine Sorte Menschen gibt, für die ich aber auch rein gar nichts übrig habe, dann sind das diese Wohltäter.«

Sarah und ihre Mutter wechselten belustigte Blicke. In Wirklichkeit gab es eine ganze Reihe von verschiedenen Menschensorten, für die Granny Jay nichts übrig hatte, dazu gehörten fast alle Journalisten der großen Tageszeitungen, Frauen, die ihre Gardinen nicht regelmäßig wuschen, und jeder, der es wagte, Oma Jay zu ihr zu sagen, was sich eigentlich auf alle Ladenbesitzer von Leehampton bezog.

Da es ziemlich aussichtslos schien, dass Granny Jay in allernächster Zeit mit einer präzisen Erklärung herausrücken würde, übernahm Mrs. Field es, Sarah aufzuklären.

»Gran ist verärgert, weil Charley Rost von Canal End wegziehen will.«

Sarah sah entsetzt drein.

»Charley? Wegziehen? Der kann doch nicht einfach umziehen, den brauch ich doch für Sozialkunde«, jammerte sie, als ob diese Tatsache Grund genug wäre, dass er in seiner Behausung blieb, dem Häuschen neben dem ihrer Großmutter.

Charley Rost war sechsundachtzig Jahre alt und wohnte seit seiner Zeit als Schleusenwärter neben dem Leehampton-Kanal. Sarah wollte in ihrem Sozialkundeprojekt mit dem Thema »Stadtbewohner einst und jetzt« über ihn schreiben. Sie hatte schon zwei Nachmittage lang bei ihm gesessen, Tee getrunken und Kekse gemümmelt und Charleys Erinnerungen angehört, als noch die Kohlenschleppkähne von Pferden auf dem Treidelpfad gezogen wurden. Noch ein paar solche Sitzungen würden ihr bestimmt eine gute Note einbringen. Dass er jetzt umziehen wollte, passte ihr gar nicht.

»Ich sagte ja gar nicht, dass er umzieht«, verbesserte Granny Jay. »Ich hab gesagt, sie wollen, dass er umzieht. Das Blöde ist nur, dass er es wahrscheinlich tun wird. Er ist eben nicht mehr so klar bei Verstand, der dumme alte Trottel.«

Charley und Granny Jay kannten sich seit sechzig Jahren und die meiste Zeit davon hatten sie sich über jedes mögliche Thema gezankt – von der Frage, ob es morgen regnen würde, bis zur besten Art, Radieschen auf Kleieboden auszusäen. Sie nannte ihn einen dummen alten Trottel und er nannte sie eine dickköpfige alte Schachtel, aber als Charley Bronchitis hatte, war es Granny Jay, die ihm Zwiebelsuppe brachte und Epsomsalz für ein heißes Bad und Eukalyptusöl für die Brust, und als ihre heiß geliebte Katze Topsy starb, war es Charley, der das Tier in dem winzigen Gärtchen hinterm Haus beerdigte und so tat, als glaubte er ihr, als sie behauptete, sie würde kein bisschen weinen. Manchmal saßen sie einer beim andern am jeweiligen Ofen und Granny Jay erzählte von ihrem George und Charley erinnerte sich an seine Gladys und dann sagten sie: »Gott gebe ihnen ihre Ruhe«, tranken Kakao und aßen von Granny Jays klebrigem Schokoladenkuchen.

Schon seit Jahren versuchten Sarahs Eltern Granny Jay zu überreden, sie sollte ihr Häuschen verlassen und woanders hinziehen, wo es hübscher wäre (Sarahs Mutter, weil sie ihren noblen Klubfreundinnen nichts über ihre schlichte Abstammung erzählen wollte, und Sarahs Vater, weil er sich echte Sorgen machte, dass Granny Jay Zentralheizung und eine Alarmanlage brauchte). Sarahs Großmutter erwiderte darauf, dass ihr Häuschen ihr völlig genügen würde, vielen Dank auch, dass sie zwei Kinder darin großgezogen hätte, und außerdem konnte sie gar nicht wegziehen, denn was sollte dann aus Charley werden, dem dummen alten Trottel?

»Das Sozialamt glaubt, dass Charley besser dran ist, wenn er ins Viktoriaheim umzieht«, erklärte Sarahs Mutter. »Und du musst zugeben, Mama, es wäre auch ganz vernünftig. Ich meine, er wird schließlich nicht jünger und er ist auch nicht mehr so ganz sicher zu Fuß. Was ist, wenn er in den Kanal fällt?«

Granny Jay sah sie erstaunt an.

»Charley Rost soll in den Kanal fallen? So ein ausgemachter Blödsinn! Er ist nie reingefallen, als er noch Tag und Nacht da arbeitete – warum sollte er denn jetzt damit anfangen?« Sie drehte die Herdplatte unter einem Topf mit kochendem Wasser zurück. »Ich werde mal mit dieser Frau Mortimer ein Wörtchen reden müssen.«

»Mit wem?« Sarah steckte ihren Finger in die Soße Bolognese und leckte ihn genüsslich ab.

»Phyllis Mortimer«, sagte Granny Jay. »Wenn sie nicht zum Sozialamt gerannt wäre, wär das alles nicht passiert. Tja, wenn er immer noch Essen auf Rädern will, wo ich ihm doch meine Fischpastete und meinen Eintopf angeboten habe, was kann man da schon erwarten?«

Langsam wurde klar, dass Mrs. Mortimer, die Charley dreimal pro Woche eine warme Mahlzeit brachte, sich über den Zustand seines Hauses Sorgen gemacht hatte, weil es bei den Fenstern zog, die Treppe gefährlich steil war und die Teppiche fadenscheinig und löcherig waren. Deshalb hatte sie die Kollegen vom Sozialamt auf ihn aufmerksam gemacht und die hatten Charley dann sofort ein Zimmer im Viktoriaheim angeboten, mit Farbfernseher, drei Mahlzeiten täglich und zwei monatlichen Ausflügen.

»Klingt doch toll«, sagte Sarahs Mutter.

Granny Jay schleuderte ihr einen Blick zu, der eine Rakete gestoppt hätte. »Toll? In ein Heim abgeschoben werden? Deine Freiheit aufgeben müssen? Dazu werde ich Jennifer mal was erzählen, wenn ich sie sehe.«

»Wer ist denn Jennifer?« Sarah lotste ihre Großmutter ins Esszimmer.

»Charleys Tochter – lebt in London«, zischte Granny Jay mit einem Gesicht, das verriet, dass man von dem

Leben in der Hauptstadt wohl kaum etwas Gutes erwarten konnte. »Sie sollte ihn lieber zu sich nehmen, als ihn in ein Heim zu stecken, wo sie ihn in einen Sessel packen, bis er dann stirbt.« Ihre Stimme zitterte.

»Du würdest ihn echt vermissen, was, Gran?« Sarah ergriff liebevoll die Hand ihrer Großmutter.

Die lächelte und sagte: »Weißt du, wenn ich ehrlich bin, ja. Wir kennen uns jetzt schon so lange, Charley und ich, wirklich sehr lange.« Sie gab sich einen Ruck. »Der blöde alte Trottel.«

»Es ist doch nicht weit weg«, sagte Sarah. »Wir könnten ihn doch zusammen da besuchen.«

»Sherry, Beryl?« Sarahs Vater steckte den Kopf zur Tür herein.

»Besser nicht«, sagte Granny Jay.

»Aber du willst doch einen.« Sarah grinste.

»Nur ganz wenig.« Granny Jay nickte. Mr. Field goss aus der Karaffe einen Amontillado ein.

»So wenig nun auch wieder nicht«, sagte Granny Jay.

Sarah hat noch einen Plan

Als alle sich bedient hatten, verkündete Sarah, dass sie was zu berichten hätte.

»Ich hatte heute einen total tollen Einfall. Ich weiß jetzt, was wir mit Granny Jay machen können.«

»Entschuldigung«, sagte ihre Großmutter, deren Gesicht vom Sherry leicht gerötet war. »Ich wusste gar nicht, dass man mit mir irgendwas machen muss.«

»Hör mal, Gran«, sagte Sarah. »Du kannst doch nicht ewig in deinem Häuschen bleiben.«

»Und warum nicht?« Ihre Großmutter straffte die Schultern, stocherte nach einer davongerollten Erbse und sah beleidigt aus.

»Das ist doch nicht vernünftig, besonders, wenn Charley jetzt wegzieht, und da habe ich gedacht«, Sarah sah in die Runde, um sich zu vergewissern, dass sie auch die Aufmerksamkeit aller hatte, »wir könnten dich in die Doppelgarage einziehen lassen«, schloss sie triumphierend.

Vier Gesichter starrten sie an.

»In die Garage?«, stammelte Granny Jay. »Das Kind ist verrückt geworden. Ich bin doch kein Auto.«

»Oh, natürlich bauen wir sie erst um.« Sarah lachte. »Ich hab in *Schöner Wohnen* solche umgebauten Garagen gesehen. Man nimmt die Türen raus und baut ein großes Erkerfenster ein, dazu eine Haustür und so. Das wäre doch spitze.«

Mrs. Field sah erst Sarah, dann ihren Mann und dann Granny Jay an.

»Und was ist mit den Autos?«, erkundigte sich Mr. Field.

»Ganz einfach«, sagte Sarah. »Wir bauen auf der anderen Seite vom Haus eine neue Garage, wo das große Rosenbeet ist. Du stöhnst doch immer über die viele Arbeit, die du damit hast.«

»Also, wisst ihr«, sagte Sarahs Mutter nachdenklich, »das ist gar keine schlechte Idee.«

Mr. Field sah besorgt aus.

Sarah sah erfreut aus.

»Meine Ideen sind immer gut. Das wäre doch super. Und die Werkstatt hinter der Garage könnte man zu einem Bad umbauen. Na, wie fändest du das, Gran?«

Alle warteten darauf, dass Granny Jay nun eine Tirade losließ, dass sie in ihrem Häuschen bleiben würde, bis man sie mit den Füßen zuerst raustrüge, und was gut genug war für ihren George, wäre auch gut genug für sie – aber nichts geschah. Sie kräuselte nur die Lippen, wischte ihren Mund sanft mit der Serviette ab und fragte leise: »Und was hältst du von der Idee, Leo?«

Mr. Field, der seit einigen Minuten unentschlossen seine Spagetti auf dem Teller hin und her geschoben hatte, lehnte sich zurück.

»Na, es wäre natürlich wunderbar, dich hier bei uns zu haben, und ich bin auch der Meinung, dass das mit deinem Haus nicht endlos so weitergeht, aber der Umbau wäre ziemlich teuer und –«

»O Leo, also wirklich!«, sagte seine Frau. »Wir würden doch gern für Mama das Geld ausgeben!«

Mr. Field knabberte an seiner Unterlippe herum.

»Ich finde das einen Supervorschlag«, sagte Melissa. »Nathans Eltern haben gerade den Stall in einen Fitnessraum mit Sauna umbauen lassen.«

»Na bitte«, erklärte Sarahs Mutter, die es offensichtlich freute, dass sie einem so würdigen Beispiel folgen würden.

»Es ist eine teure Angelegenheit«, fing Mr. Field noch einmal an.

»Nein, das stimmt nicht«, widersprach Melissa, die

später mal Wirtschaftswissenschaft studieren wollte. »Wenn Gran ihr Haus verkauft, dann hat sie reichlich Geld für den Umbau.«

Ihr Vater wurde wieder etwas munterer. »Natürlich dauert es vielleicht Monate, bis das Haus verkauft ist, aber wenn wir dann immer noch – äh, ich meine, wenn es dann verkauft ist, wäre das wirklich ein guter Plan.«

Mrs. Field klatschte begeistert in die Hände und Sarah und Melissa grinsten sich gegenseitig an.

»Wär das nicht super, Gran?«, rief Sarah begeistert.

Ihre Großmutter lächelte. »Es ist sehr lieb von dir, dass du dir wegen deiner alten Gran solche Gedanken machst«, sagte sie unverbindlich.

»Dann wäre das also beschlossene Sache«, verkündete Sarah befriedigt.

Granny Jay lächelte immer noch, nickte, schwieg aber. Sie betrachtete aufmerksam das Gesicht ihres Schwiegersohns, der wieder sein Essen auf dem Teller hin und her schob.

Mr. Field gerät in Rage

»Können wir jetzt mal über die Ferien sprechen?«, sagte Sarahs Mutter, als sie beim Nachtisch angelangt waren. »Wir müssen langsam an die Reservierung denken. Leo – hast du dich entschieden? Wollen wir in die Villa in der Toskana oder in das kleine Hotel in Sorrento?«

Leo hatte längst aufgegeben, Appetit vorzutäuschen und spielte jetzt mit dem Birnenkompott herum. Er legte den Löffel hin.

»Müssen wir das unbedingt jetzt beschließen?«, sagte er müde. »Es gibt doch gar keinen Grund für diese Eile.«

Mrs. Field seufzte ungeduldig und trommelte mit ihren blutroten Fingernägeln auf die Tischplatte.

»Also wirklich, das sagst du nun schon seit Weihnachten. Wenn wir nicht bald buchen, dann sind die besten Plätze weg.«

»Na und?«, fuhr Mr. Field auf. »Dann müssen wir eben die zweitbesten nehmen, oder was?«

»Leo!«, protestierte seine Frau.

»Paps!«, schrien Sarah und Melissa einstimmig.

Granny Jay kniff die Augen zusammen und sah aus, als ob sie sich Gedanken machte.

»Tut mir Leid!« Mr. Field hielt, um Entschuldigung bittend, die Hand hoch. »Tut mir Leid. Aber wir müssen Mellys Party bezahlen und – tja, die Dinge stehen momentan nicht so gut.«

Mrs. Field sah ihn erstaunt an.

»Nicht so gut?«, wiederholte sie. »Was meinst du damit?«

Mrs. Field sprach mit der Verwirrung eines Menschen, der seinen wöchentlichen Gang zum Automaten macht und eine Hand voll Banknoten einsteckt, ohne sich auch nur einen Gedanken darüber zu machen, wie sie dorthin gekommen sind.

»Also, es ist nämlich so«, fing Sarahs Vater an und hielt inne. »Hört mal, ich habe nächsten Freitag eine wichtige

Konferenz, und wenn da alles gut läuft, dann können wir das Hotel buchen. Ist das ein Vorschlag?«

»Was für eine Konferenz?«, fragte Mrs. Field.

»Oh, äh, na ja, es geht da um Verkaufsfragen«, sagte Sarahs Vater. »Aber ich werde, also ich werde Genaueres erst danach wissen«, schloss er hastig.

Granny Jay schnaufte und warf ihm einen durchdringenden Blick zu. Mr. Field wandte jetzt seine volle Aufmerksamkeit der halb aufgegessenen Birne zu.

»Wenn du meinst«, seufzte Mrs. Field etwas eingeschnappt, »dann müssen wir eben noch so lange warten. Ich finde nur, ich brauche jetzt wirklich mal wieder richtige Ferien – ich bin total im Stress. Es ist mindestens drei Monate her, dass wir mal übers Wochenende weggefahren sind.«

Sarahs Vater schwieg.

»Und was meine Party angeht«, schaltete sich Melissa ein, »also, die Disko machen wir im Wintergarten und das Büfett hier drin und wir tanzen im Wohnzimmer und in der Diele. Wir kaufen diese großen Gartenfackeln. Die stecken wir dann neben der Auffahrt in den Rasen und ich dachte, wir könnten ganz viele gasgefüllte Luftballons am Tor anbinden. Ach ja, und ich habe einen Sänger engagiert – so was hat heutzutage jeder. Okay?« Sie strahlte die anderen an.

Ihr Vater schob einen Stuhl zurück und warf seine Serviette auf den Tisch.

»Na toll, Melly, einfach toll!«, brüllte er. »Wenn du schon mal dabei bist, warum heuerst du nicht auch noch das Kurorchester an, damit es deine Gäste die Auffahrt hochbegleitet? Warum renovieren wir nicht noch vorher die ganze Inneneinrichtung? Schließlich dreht es sich ja nur um Geld, nicht wahr? Und wir wissen ja alle, dass Paps das immer ausspuckt, oder?«

Der Ausbruch des sonst immer so sanftmütigen Mr. Field kam so unerwartet, dass alle wie erstarrt dasaßen.

»Paps?«, fragte Sarah vorsichtig.

Melissa sah aus, als hätte der Blitz eingeschlagen, und starrte ihn nur an.

Mrs. Field hatte mit dem Kauen aufgehört und saß mit vollem Mund da.

Granny Jay erholte sich als Erste wieder. »Ich setz mal Wasser auf«, verkündete sie. Granny Jay war der Ansicht, dass alle Probleme dieser Welt mit einer Tasse gutem Darjeelingtee gelöst werden konnten.

»Paps?« Melly stand auf, ihre blauen Augen standen voller Tränen. »Ich dachte, du wolltest, dass mein achtzehnter Geburtstag wunderschön wird – bevor ich die Prüfungen mache und so. Und dann bin ich doch auch neun Monate lang weg.« Sie tupfte sich mit dem Mittelfinger geschickt an ihren Augenwinkel, damit eine einzelne Träne über die Wange rollte. Aufmerksam beobachtete sie durch die Wimpern hindurch ihren Vater.

»Kirstens Vater hat sie nach Rom mitgenommen, Vicki kriegt einen Ball in London und einen Polo GTI.«

Mr. Field sah völlig niedergeschlagen aus. »Ach, mein Schatz«, sagte er und nahm sie in die Arme, »natürlich möchte ich, dass du es wunderschön hast. Verzeih mir – es war eine anstrengende Woche und es gab Probleme mit Bestellungen und – ach, egal. Mach du nur, was du möchtest, und wir werden uns bestimmt wunderbar amüsieren. Okay, mein Engel?«

Melly lächelte. »Danke, Paps.« Sie strahlte. Mellys Lächeln war immer am strahlendsten, wenn sie ihren Willen durchgesetzt hatte.

»Ich finde, wir sollten zum Anstoßen Champagner bestellen«, sagte Mrs. Field.

»Sekt?«, schlug Mr. Field vor. »Es gibt hervorragende Sorten aus Australien …«

»Champagner«, beharrte seine Frau.

»Ich glaube«, sagte Mr. Field erschöpft und steckte sich ein Pfefferminzbonbon in den Mund, »ich gehe noch ein bisschen in meine Dunkelkammer und entwickle ein paar Negative.«

»Diese Süßigkeiten werden dich auf die Dauer dick machen«, warnte Mrs. Field ihren entschwindenden Mann. »Du solltest das wirklich bleiben lassen.«

»Ja, Liebes«, sagte Mr. Field.

Als sie jetzt unter sich waren, fingen Sarah, Melissa und ihre Mutter sofort an die Party zu planen, ob der Kuchen eine Buttercreme- oder eine Obsttorte sein sollte und wie viele Stühle sie noch ausleihen mussten.

»Hier sind genug Kalorien drin, um einen Pfadfinder durch die Arktis zu bringen«, murmelte Granny Jay, als sie das Tablett mit den Teebechern aus der Küche hereinbrachte. Aber die anderen hörten sie gar nicht vor lauter Plänemachen.

Sarah gibt dem Schicksal einen Schubs

Während der darauf folgenden Woche widmete Sarah sich ganz der Wiederherstellung von Livis Selbstvertrauen und versuchte Livi mit Luke zusammenzubringen. Den ganzen Samstag über hatte sie in den Läden in der Innenstadt nach etwas gesucht, das Livi wieder aufheitern sollte. Am Montag schenkte sie ihr rauchfarbenen Lidschatten (»Passt super zu deinen violetten Augen!«), einen kessen limonengrünen Lacklederrucksack und ein echt cooles T-Shirt mit bunten Streifen, das genau zu Livis weißem Minirock passte.

»Aber Sarah, das sollst du doch nicht«, protestierte Livi.

»Warum nicht?«

»Weil das ein Vermögen gekostet hat.«

»Das ist doch nur Geld.« Damit wiederholte Sarah einen oft gehörten Satz von ihrer Mutter. »Wozu nützt es einem, wenn man es nicht ausgeben kann?«

Livi sah aus, als genierte sie sich.

»Aber ich kann mir solche Sachen nicht leisten«, sagte sie leise. »Ich hab dafür kein Geld.«

»Na und? Ich kauf dir das doch nicht, weil ich dafür was von dir will – ich schenke es dir, weil du meine Freundin bist und ich das gern tu.«

»Danke.«

Am Dienstag ließ Sarah heimlich Livis Französischbuch in Lukes Schulmappe rutschen. Wenn er es fand, musste er zu Livi gehen und es ihr bringen. Leider kam er während der Pause zu Sarah und sah völlig verwirrt aus.

»Könntest du das bitte Livi zurückgeben?«, stotterte er. »Es ist irgendwie in meine Tasche geraten.« Dann fummelte er endlos lange an seiner Uhr herum und fragte sie, wie es ihr so ginge und ob sie Mr. Golding schon dazu rumgekriegt hätte, eine Schuldisko zu genehmigen.

Sarah hatte eigentlich nach ihrem Misserfolg mit dem Kummerkasten in der Schülerzeitung eine Pause einlegen wollen, bevor sie einen neuen Versuch startete, GeGe in die Neunziger zu katapultieren. Doch nun fasste sie einen Entschluss. Offensichtlich fand Luke eine Disko die ideale Gelegenheit, um Livi anzumachen und allen Leuten zu zeigen, dass sie miteinander gingen.

»Ich werde mal ein Wort mit GeGe sprechen«, versprach sie. »Du würdest also kommen, wenn wir eine veranstalteten, ja?«, vergewisserte sie sich, denn sie wollte ihre Zeit nicht unnötig verschwenden.

»Oh, natürlich, klar, bestimmt«, sagte Luke begeistert.

»Toll. Ich auch.«

Luke sah hocherfreut aus. Wahrscheinlich träumte er von einem romantischen Abend mit Livi. Da würde sie zu gern zusehen.

Kurze Zeit später versprach sie Neil Cartwright zwei Stunden Rollerbladen am Samstag und beglückte Grant Fisher mit der Zusage, dass sie mit ihm zur Funky-Februar-Disko in den *Stomping Ground* gehen würde. Danach ging sie zu Mr. Golding, der ihren zweiten Besuch in einer Woche in seinem Büro mit weniger Begeisterung quittierte, als sie gehofft hatte. Er sagte, nein, es würde keine Schuldisko geben, aber vielleicht, ganz vielleicht würde er ihnen eine am Ende des Schuljahres gestatten, doch das machte er von einer Reihe von Bedingungen abhängig, die Sarah sowohl unnötig als auch unvernünftig fand. »Ich sehe keine Notwendigkeit für mehr Ablenkung vom Lernen«, schloss Mr. Golding, »als absolut unvermeidbar ist. Erst am Ende des Schuljahres gibt es Grund zum Feiern, aber nicht vorher.«

Sarah seufzte. »Aber, Sir, sonst lernen wir doch kein soziales Verhalten.« Sie betete, dass GeGe letzte Woche nicht die Beilage zum Thema Unterricht vom *Guardian* gelesen hatte.

Mr. Golding formte mit seinen Händen eine Pyramide, legte sein Kinn auf die Zeigefinger und sah Sarah einen Moment lang schweigend an.

»Mir scheint eher«, sagte er schließlich, »was auch immer dir fehlen mag, Sarah Field, soziales Verhalten dürften nicht dazugehören. Auf Wiedersehen.«

Am Mittwoch hatte Sarah Halsschmerzen, was keine Tragödie war. Weil sie so aber eine Mathe-Doppelstunde und einen Französischtest verpassen könnte und außerdem ihre Physikhausaufgabe noch nicht erledigt hatte, blieb sie zu Hause. Ihre Mutter versorgte sie mit heißem Zitronensaft, lieh zwei Videos für sie aus und ging dann zu ihrem wöchentlichen Tennisspiel, nachdem sie ihr klare Anweisungen gegeben hatte, dass sie ihren Vater anrufen solle, wenn es ihr schlechter ginge. Sarah machte es sich auf dem Sofa im Wohnzimmer gemütlich und dachte sich ihre eigenen Antworten auf die herzzerreißenden Briefe in der neuesten Nummer der Frauenzeitschrift *Kassandra* aus.

Gerade hatte sie die Antwort für eine gewisse Heidi aus Sheffield fast fertig, die sich über ihre ständig streitenden Eltern beklagte, als sie hörte, wie in der Haustür ein Schlüssel umgedreht wurde. Sie überlegte, dass wohl das Tennisspiel ihrer Mutter ausgefallen sein musste, als sie die Stimme ihres Vaters hörte.

»Geh schon rein – ich mach uns einen Kaffee. Milch ohne Zucker, stimmt's?«

»Genau, danke, Leo. Ach, du meine Güte, Sarah ...«

Livis Mutter stand in der Türöffnung und starrte Sarah an. In diesem Monat hatte sie ihre Haare mit lila Strähnen geschmückt und dazu trug sie einen knallroten Schal, der auf Zigeunerinnenart um ihre wilden Locken geknüpft war.

»Hi, Mrs. Hunter«, sagte Sarah fröhlich. »Mami ist leider nicht da. Sie ist beim Tennis«, fügte sie erklärend hinzu. »Ich weiß, dein Vater hat es mir gesagt. Äh, Leo«, rief sie in Richtung Küche. »Sarah ist hier.«

Sie hörte das Geklirr von Kaffeetassen, einen gedämpften Fluch und dann steckte Mr. Field seinen Kopf zur Tür hinein.

»Hi, Paps – ich bin krank«, sagte Sarah.

»So siehst du gar nicht aus«, entgegnete ihr Vater und reichte Livis Mutter einen Becher mit Kaffee.

Sarah tat so, als hätte sie diesen Zweifel an der Echtheit ihres Zustands nicht bemerkt.

»Was machst du denn zu Hause?«, fragte sie.

Ihr Vater hustete. »Oh – äh, ich hab einige Unterlagen für die Konferenz am Freitag vergessen und Judy braucht sie zum Abtippen, deshalb wollten wir sie holen.«

»Ach so. Übrigens, Mrs. Hunter, ist mit Livi alles okay?«

»Ja, warum sollte sie nicht okay sein?« Judy hatte sich auf die Sofalehne gesetzt.

»Och, nichts weiter – ich meine, ich hoffe, sie hat sich nicht bei mir angesteckt«, improvisierte Sarah und fragte sich, wie Livis Mutter so kurzsichtig sein konnte und nicht merkte, dass ihre Tochter überhaupt nicht okay war.

»Hm, also sie hatte jedenfalls gestern Abend überhaupt keine Probleme mit ihren Stimmbändern«, bemerkte Mrs. Hunter. »Sie hat stundenlang telefoniert. Ich weiß ja nicht, was ihr euch immer noch alles zu erzählen habt, wo ihr euch doch den ganzen Tag in der Schule seht.«

Sarah wollte schon entgegnen, dass sie den ganzen Abend über kein Wort mit Livi gewechselt hatte, doch dann ließ sie es lieber bleiben. Vielleicht hatte Livi endlich ihren Vater erreicht und hatte Sarah als Alibi genannt – also würde sie ihr da jetzt nicht dazwischenfunken.

»Irgendein Junge rief an, ich glaube, er hieß Luke. Er wäre in eurem Jahrgang, hat Livi gesagt.«

Ja!, dachte Sarah und machte in Gedanken einen Freudensprung. Luke hatte Livi angerufen! Megatoll! Ihr Plan hatte funktioniert.

»Das ist ein echt netter Typ, Mrs. Hunter«, sagte Sarah begeistert und so aufrichtig wie nur möglich, damit Livis Mutter dieser neuen Beziehung gleich von Anfang an mit der richtigen mütterlichen Haltung begegnete. »Das ist er ganz echt.«

»Okay, du hast mich überzeugt.« Livis Mutter grinste.

»Ich denke, wir sollten jetzt besser ins Büro zurückfahren.« Mr. Field warf Mrs. Hunter einen wissenden Blick zu, woraufhin sie ihren Rest Kaffee austrank und aufstand.

Erst nachdem ihr Vater und Mrs. Hunter gegangen waren und sie zwei Schokoriegel zur Feier ihrer Partnervermittlung gegessen hatte und nicht nur für Heidi aus Sheffield, sondern auch noch für »Großer Kummer, 13 Jahre, aus Yeovil« und den »enttäuschten Fan aus Inverness« (dem sie ihrer Meinung nach einen viel besseren Rat bezüglich der Geschwisterrivalität gab als diese Cindy Lou von der *Kassandra*) tröstende Worte gefunden hatte, fing Sarah an sich zu wundern, weshalb zwei Leute nötig waren, um vergessene Unterlagen abzuholen. Dann fiel ihr ein, dass Mrs. Hunter ja nur nachmittags arbeitete. Jetzt war es aber erst 11.35 Uhr vormittags.

»Na?«, fragte Sarah am Donnerstagmorgen, als Livi mit Sarahs Physikhausaufgabe fertig war.

»Na was?«, fragte Livi zurück.

»Luke hat dich angerufen.«

»Woher weißt du das denn?« Livi schnappte nach Luft und sah ein bisschen rosa um die Kiemen aus.

»Deine Mutter hat es mir erzählt – sie kam gestern zu uns nach Hause, um irgendwelche Unterlagen zu holen.«

»Das hätte sie mal besser bleiben lassen sollen.«

»Was? Zu uns zu kommen?

»Dir das zu sagen«, fauchte Livi.

Das war ein gutes Zeichen, dachte Sarah. Der Wunsch nach Geheimhaltung war zu Beginn einer Beziehung immer sehr stark – das hatte sie in »Besprich es mit Tessa« in einer Illustrierten ihrer Mutter gelesen.

»Und? Was wollte er?«, hakte Sarah nach.

»Och, er wollte nur die Proben für unser Duett zum Schulfestival festlegen«, sagte Livi hastig.

»Ich wusste gar nicht, dass ihr ein Duett spielt.«

»Na ja, jetzt weißt du's ja.«

»Hübsch.«

»Aber du darfst es niemandem sagen!«

»So was würde ich tun?« Sarah hatte den Verdacht, dass Livi momentan noch nicht wollte, dass die Nachricht von ihr und Luke die Runde machte.

»Höchstwahrscheinlich«, sagte Livi.

Sarah hat einen guten Tag

Freitags lud Celia Field ihre Freundinnen immer zu einem Imbiss ein. Als Sarah zum Frühstück runterkam, sah sie, wie ihre Mutter zufrieden eine Pyramide von Windbeuteln betrachtete.

»Rühr nichts an!«, sagte sie, als Sarahs Zeigefinger sich zielstrebig der Schüssel mit der Schlagsahne näherte. Da klingelte das Telefon.

»Geh du ran, Sarah, sei so nett, ja?« Ihre Mutter wedelte mit der Sahnespritztüte herum.

»Leehampton 552 – oh, hallo, Mrs. Hunter. Sie können nicht kommen? Ach so. Nein, das geht schon in Ordnung. Ich sag es ihr. Auf Wiedersehen. Tschüss!«

Mrs. Field sah Sarah erwartungsvoll an.

»Das war Livis Mutter. Sie kann heute nicht kommen, weil sie Paps helfen soll, damit er alles für seine Konferenz fertig bekommt. Sie sagt, es täte ihr Leid und so. Kann ich dann kriegen, was sie gegessen hätte?«

»Also wirklich!« Sarahs Mutter überhörte die Frage ihrer Tochter. »Man könnte doch wirklich meinen, dass dein Vater sie mal für ein, zwei Stunden entbehren könnte. Ich wollte Judy mit Felicity Liddington bekannt machen – sie hätte gern einen Riesentroll als Schirmständer.«

»Du liebe Güte«, murmelte Sarah.

»Ich weiß, Schätzchen, es ist ziemlich kleinbürgerlich, aber Judy braucht alle Aufträge, die sie kriegen kann. Du weißt doch, eigentlich soll sie mit ihrer Arbeit ja erst um zwei Uhr anfangen – dein Vater setzt aber für diese Konferenz wirklich alles in Bewegung. Ich fürchte, er entwickelt sich zum Workaholic. Er hat schon seit zwei Wochen keinmal Golf gespielt.«

Sarah schüttete sich Müslimix in einen Teller. »Männer im besten Alter, die sich zu sehr auf ihre Arbeit konzentrieren, kriegen Stress und laufen ein erhöhtes Risiko bei Herzinfarkten«, verkündete sie.

»Oh, schönen Dank, jetzt geht es mir schon viel besser«, sagte ihre Mutter sarkastisch.

»Das stimmt, ich hab es in *Deine Gesundheit* gelesen. Du musst ihm mal zur Entspannung Abwechslung verschaffen. Da soll der Partner die Initiative ergreifen.«

»Das hatte ich mir gedacht«, bemerkte Mrs. Field.

»Mach dir keine Sorgen«, sagte Sarah leichthin. »Er kommt heute Abend bestimmt total glücklich über den Auftrag irgendeiner Riesenfirma nach Hause und ist wieder ganz der Alte. Er leidet nur unter Erwartungsängsten.«

Sarahs Mutter betrachtete sie forschend.

»Und du kennst dich natürlich in solchen Dingen aus?«

»Glaube mir!« Sarah grinste von einem Ohr zum andern, schnappte sich einen Windbeutel von der Glasplatte, zwinkerte ihrer Mutter zu, griff nach ihrer Schultertasche und schlenderte durch die Hintertür davon.

»Vergiss nicht, wir haben heute Nachmittag schulfrei, weil die Stipendiaten geprüft werden«, rief sie im Weggehen. »Ich besuche Charley auf dem Rückweg. Amüsier dich gut. Und mach dir keine Sorgen wegen Paps – du wirst sehen, ich hab Recht!«

Sarah verbrachte einen äußerst befriedigenden Freitagmorgen. Er fing damit an, dass sie in den Schulbus stieg und Luke und Livi nebeneinander sitzen sah, so ins Gespräch vertieft, dass sie dreimal Guten Morgen sagen musste, bevor die beiden sie bemerkten. Als sie hochschauten, sahen sie sehr verlegen aus und Luke fing an über irgendeine Fernsehsendung zu quasseln, die er am Abend zuvor gesehen hatte. Er versuchte ganz offensichtlich die Tatsache zu verbergen, dass er Livi angebaggert hatte. Sarah wurde klar, dass ihre Fädenspinnerei schneller geklappt hatte, als sie zu hoffen gewagt hätte.

Mrs. Jolls Sozialkundestunde handelte von der Verantwortung der Menschen füreinander und Sarah referierte eine Zeit lang über Ada und darüber, wie sie genau in dem Augenblick verschwunden war, als Sarah sich um eine Verbesserung von Adas Lebensqualität bemüht hatte. Mrs. Joll betonte, dass jedes Individuum seinen eigenen Willen besaß und dass Ada diese Einmischung vielleicht gar nicht gewollt hatte, und Sarah meinte, das wäre Quatsch, weil sich jeder Mensch ein Dach überm Kopf und drei ordentliche Mahlzeiten am Tag wünschte. Mrs. Joll sagte daraufhin, möglicherweise wäre Sarahs Vorstellung von einer Lösung des Problems nicht die von allen anderen Menschen und vielleicht sollte jetzt auch noch wer anderes die Möglichkeit haben, das Wort ergreifen zu können, bitte, aber niemand wollte das, alle schlossen sich Sarahs Meinung an, was sie sehr glücklich machte und Mrs. Joll schrecklich kränkte.

In der Mittagspause bat Sarahs Freundin Tamsin – die beste Kunstturnerin des gesamten Jahrgangs, die nicht einmal dann ein Wort hätte richtig schreiben können, wenn ihr Leben davon abhinge – Sarah, ihr bei einem Brief zu helfen, in dem sie Daniel Forrest zum Teufel schicken wollte, aber auf nette Weise. Sarah sah in solchen Dingen eine sehr gute Übung für ihre Kummerkastentanten-Seite in der *Daily Mail* und arbeitete etwas aus, von dem sogar sie selbst zugeben musste, dass es fast ein Meisterwerk war.

In der Geschichtsstunde regte sich Mr. Ellwood ganz

fürchterlich über den Burenkrieg auf. Da bekam Sarah ein Briefchen von Livi.

> Kannst du morgen Vormittag in die Stadt kommen? Es ist megawichtig!
> Ich brauche eine neue Kluft und zwar schnell. BITTE SAG JA!
> Liebe Grüße Livi

Sarah war davon überzeugt, dass die neue Kluft Luke noch verliebter machen sollte, und nickte eifrig. Den Rest der Stunde kümmerte sie sich nicht mehr um Südafrika, sondern schrieb eine Einkaufsliste für eine Grundausstattung von Livis New Look.

Gerade als es dann zur Mittagspause klingelte, rief Miss Plover Sarah zu sich und teilte ihr mit, dass am folgenden Montag zwei neue Schüler auf die Bellborough Court kämen, und sie wünschte, dass Sarah die eine, Tasha Reilly, unter ihre Fittiche nähme.

»Tasha und Adam sind Zwillinge«, erläuterte sie. »Luke Cunningham kümmert sich um Adam und ich verlasse mich auf dich, dass du Tasha das Eingewöhnen erleichterst.«

Sarah nickte eifrig. Sie hatte es gern, wenn man sich auf sie verließ.

Miss Plover machte eine Pause und betrachtete prüfend ihren Daumennagel. »Sie haben einige Zeit im Ausland gelebt, deshalb wird ihnen manches hier ein bisschen fremd vorkommen, aber ich bin mir sicher, dass du ihnen bei allen anstehenden Problemen helfen kannst.«

»Aber ja doch, natürlich«, sagte Sarah begeistert. Waren Probleme nicht ihre Spezialität?

Gespräche in Canal End

Die Häuschen am Canal End, wo Charley Rost und Granny Jay nebeneinander in liebevoller Feindschaft wohnten, standen auf einem kleinen ebenen Gelände, von dem aus man über die Stelle sah, wo die Leehampton-Abzweigung des Grand Union Canal in einen geschützten kleinen toten Nebenarm mündete. Im Sommer wimmelte diese Gegend von Ausflüglern mit gemieteten Flussbooten und im Winter tobten hier die Schulkinder herum, kletterten über Schleusentore und drängelten sich in dem kleinen Binnenschifffahrtsmuseum am gegenüberliegenden Ufer, um Bilder von Schleppkähnen und Aquädukten zu zeichnen. Granny Jays Cottage mit der Hausnummer drei war makellos, mit Blumenkästen voller Petunien und Spitzengardinen, die in symmetrische Falten gelegt waren. Nummer fünf, wo Charley wohnte, war etwas heruntergekommen, die Farbe blätterte von den Fensterläden ab, die bei Wind klapperten, und das Unkraut sprießte auf dem Kiesweg.

Sarah klingelte mehrmals bei Charley, aber er war nicht

da. Sie schielte durch das Vorderfenster, doch sie sah nur Charleys Kater Blisworth, den er nach seiner Lieblingsstrecke auf dem Kanal genannt hatte. Ansonsten war das Zimmer leer. Sie ging nach nebenan zu ihrer Großmutter.

Granny Jay machte die Tür auf und sofort fand sich Sarah in einer lavendelduftenden Umarmung wieder. Grans Haar hatte einen deutlicheren Blaustich als sonst, ein Zeichen dafür, dass sie am Vortag den Rentnerrabatt im Salon »Haarscharf« in Anspruch genommen hatte.

»Schätzchen, was für eine wunderschöne Überraschung! Komm herein – ich habe gerade ein paar Scones im Ofen, die gleich fertig sein müssten. Du bist genau richtig gekommen!«

Sarah liebte die Küche ihrer Großmutter. Granny Jay verbrachte die meiste Zeit in diesem Raum. In einer Ecke stand ein mächtiger Lehnstuhl mit kaputter Polsterung, in den Sarah sich jetzt erleichtert plumpsen ließ, nachdem sie ihren Mantel auf den Boden geschmissen hatte. Am Tischende lag ein Stapel Stricksachen – Granny Jay fühlte sich dafür verantwortlich, dass jeder Rettungsschwimmer im Lande mit Wollmützen versorgt wurde. An der Wand hingen Fotos von allen toten und lebenden Mitgliedern ihrer Familie, eine Auswahl von Produkten aus ihrem Malkurs und ein Handtuchüberwurf, auf den in Kreuzstich aufgestickt war: »Heute ist der Morgen, über den du dir gestern noch Sorgen gemacht hast, und alles ist gut.« An der gegenüberliegenden Seite stand ein uralter Herd, von dem Düfte zu ihr drangen, die Sarah das Wasser im Mund zusammenlaufen ließen. Sarahs Mutter hatte Granny Jay bei mehr als einer Gelegenheit eine Mikrowelle schenken wollen, doch die hatte sich geweigert und gesagt, dass sie die Vorstellung von Strahlen in ihrem Reispudding sehr störend fand, nein, vielen Dank auch.

»Tja, so was.« Granny Jay setzte sich Sarah gegenüber und reichte ihr ein Scone. »Was bringt dich denn hierher? Müsstest du nicht in der Schule sein?«

Sarah schüttelte den Kopf. »Heute war nur Halbtagsunterricht«, sagte sie, den Mund voller Krümel. »Ich wollte Charley besuchen, wegen meinem Projekt, aber er ist nicht da.«

»Nicht da?«, rief Granny Jay überrascht, als ob Sarah gesagt hätte, Charley würde im Kanal Kraulschwimmen üben. »Warum sollte er denn weggehen wollen?«

»Spazieren?« Sarah leckte ihre Finger ab.

»Nicht um diese Zeit«, sagte Granny Jay entschieden und sah auf die Uhr. »Jetzt ist eine seiner Lieblingssendungen im Fernsehen«, fügte sie als Erklärung hinzu. Sie kräuselte die Lippen. »Besser, wir sehen mal nach dem Rechten.« Dann nahm sie einen Schlüssel vom Haken neben der Hintertür und winkte Sarah, dass sie mitkommen sollte.

»Ich hab einen Schlüssel, weil er sich ständig aussperrt, der dumme alte Trottel«, sagte Granny Jay liebevoll.

Sie schlossen die Tür von Charleys Cottage auf, sehr zum Ärger von Blisworth, der einen krummen Buckel machte, sie böse anstarrte und dann auf das Abtropfbrett sprang, von wo aus er sie sehr betont übersah.

Ein rasches Suchen brachte kein Zeichen von Charley. »Seine Mütze und sein Regenmantel sind nicht da«, sagte Granny Jay, als sie die Garderobe in dem winzigen Flur überprüft hatte. »Er ist weggegangen.«

»Das hab ich dir doch gesagt«, betonte Sarah.

»Ich hoffe nur, es ist alles mit ihm in Ordnung«, sagte Granny Jay und schloss die Tür wieder hinter sich zu. »Seitdem dieser ganze Umzugskram im Gespräch ist, benimmt er sich etwas seltsam.«

»Will er denn nicht in das Viktoriaheim?«, fragte Sarah. »Sieht er denn nicht ein, dass das nur zu seinem Vorteil ist?«

Granny Jay durchbohrte sie mit einem Blick.

»Das hier ist seit fünfzig Jahren sein Zuhause. Da haut man nicht so einfach ab, Vorteil oder nicht. Ein Zuhause ist da, wo dein Herz ist, weißt du.«

»Ich verstehe. Ich bin jedenfalls froh, dass *du* vernünftig bist, Gran – das wird wunderbar, wenn du bei uns in der Garage wohnst.«

Granny Jay eilte zurück in ihr Cottage und schnaubte. »Tja, na ja, wir werden ja sehen. Da fließt noch viel Wasser unter der Brücke durch.«

»Aber …«, fing Sarah an.

»Kein Aber«, unterbrach ihre Großmutter energisch, »da, nimm dir noch ein Scone. Wie geht es deinem Vater?«

»Gut«, nuschelte Sarah mit vollem Mund.

»Letzte Woche ging es ihm nicht gut. Sehr spitzmausig sah er aus. Als ob er Sorgen hätte.«

»Och, dem geht es gut«, sagte Sarah obenhin. »Er ist nur ein bisschen nervös wegen so einer blöden Konferenz, das ist alles.«

»Hm. Na, wie auch immer. Es ist nicht alles Gold, was glänzt«, murrte Granny Jay. Dann gab sie sich einen Ruck und sagte: »Oh, ich hab was für dich.«

Sie kramte in einer Schublade herum und fand schließlich ein leicht zerknittertes Foto.

»Das wurde damals 1953 gemacht, grade bevor die Kähne nicht mehr hier entlangkamen. Das Krönungsjahr – deshalb ist da überall geflaggt.«

Sarah betrachtete das Foto aufmerksam. »Das ist Charley, nicht wahr?« Sie zeigte auf eine Gestalt auf dem Treidelpfad. »Und wer ist das?«

Granny beugte sich über Sarahs Schulter. »Das«, sagte sie stolz, »ist dein Großvater, er ruhe in Frieden. Er war stellvertretender Bürgermeister – da eröffnet er ein Museum. Der richtige Bürgermeister hatte Grippe«, setzte sie hinzu, als ob jeder, der sich vor solch einem bedeutenden Ereignis mit einer Krankheit ansteckte, ein Dummkopf wäre.

»Danke, Gran, das klebe ich in mein Protokollheft.«

»Mach das, Schätzchen, du … ach, herrje!« Granny Jay streckte den Arm aus und griff blindlings nach der Rückenlehne von Sarahs Sessel.

»Granny? Was ist denn – stimmt was nicht?«

Ihre Großmutter schüttelte den Kopf, rieb sich mit der Hand über die Augen und sagte: »Nichts, mein Schatz, gar nichts – mir war nur ein bisschen schwindlig – aber jetzt ist alles wieder gut.«

Sie ließ sich auf einen der Küchenstühle sinken.

Sarah sah sie ängstlich an. Granny Jays Augen waren zusammengekniffen, ihre Lippen ebenfalls und außerdem sahen sie bläulich aus. Sarah hatte es nie vorher gemerkt, aber plötzlich wirkte Granny Jay ziemlich alt.

»Bist du sicher? Soll ich nicht doch einen Arzt holen?«

Granny wedelte den Vorschlag ungeduldig mit der Hand weg. »Ich bin so fit wie ein alter Turnschuh«, verkündete sie und schüttelte sich wie eine Katze, die gerade aufgewacht ist. Dann zog sie ihre Strickjacke entschlossen über ihren üppigen Oberkörper. »Ich habe mich bloß zu schnell bewegt, das ist alles.«

Sie warf einen Blick auf die Uhr.

»Es ist schon spät – du musst gehen, sonst verpasst du noch deinen Bus. Tu mir einen Gefallen – wenn du diesem alten Trottel Charley begegnest, sag ihm, er soll bei mir reinschauen. Sag ihm, ich hätte Käsescones gebacken, ja? Mehr braucht es nicht.«

»Okay.« Sarah grinste. »Kommst du nachher zum Essen?«

»Heute nicht, Schätzchen«, sagte Granny Jay. »Der neue Pfarrer hat sich einen Blödsinn ausgedacht, er will demnächst eine Heavy-Metal-Band in die Kirche einladen – das muss ich verhindern.«

Sarah tat Reverend Wilson ein bisschen Leid.

»Du musst auch mal was Neues ausprobieren, Gran«, schlug sie vor. »Es könnte doch Spaß machen.«

Granny Jay schnaubte.

»Was lange währt, ist meistens gut«, zitierte sie. »Das kann doch mit einem bisschen Orgelmusik gar nicht mithalten. Und was hast du so vor?«

»Einkaufsbummel, Rollerbladen und Disko. Halt ein Wochenende wie alle anderen auch.« Doch wie sich herausstellen sollte, war das eine der wenigen Gelegenheiten, wo Sarah mal nicht Recht hatte.

Sie überquerte gerade die kleine Brücke, die Canal End von der Ecton Lane trennte, als sie ihn sah. Er saß auf einer Bank und warf ein paar übergewichtigen Enten Brotkrumen zu, den Kopf hatte er im Regenmantel zwischen die Schultern gezogen.

»Hallo, Charley, ich wollte dich besuchen«, rief Sarah. »Du warst aber nicht da«, fügte sie unnötigerweise hinzu.

Charley drehte sich um und sah sie aus wässrigen blauen Augen an.

»Sarah – wie geht es dir, Mäuschen?« Er klopfte einladend auf den Platz neben sich.

»Gut. Es ist hübsch hier, nicht wahr?« Sie sah zu, wie die Enten um eine Brotkruste stritten.

Charley nickte und rieb sich das Kinn. »Einundfünfzig Jahre bin ich jetzt hier. Einundfünfzig Jahre.« Nach einer kleinen Pause fügte er hinzu: »Es wird mir fehlen.«

»Aber das Viktoriaheim ist doch nur ein paar Kilometer weg von hier«, protestierte Sarah. »Gran hat mir das gesagt.«

Charley lächelte. »O ja, auf der Karte wird das stimmen. Nur ein paar Kilometer. Für mich könnte es genauso auf dem Mond liegen.«

Sarah runzelte die Stirn.

Charley tätschelte ihren Arm. »Weißt du, das ist dann so, als ob Charley Rost, der Schleusenwärter, nicht mehr da wäre. Dann gibt es nur noch Charley Rost, den Alten im Sessel.«

»Jetzt hör aber mal zu, Charley«, sagte Sarah in dem entschiedenen und überzeugenden Tonfall, der oft von Verity Carr eingesetzt wurde, ihrer Lieblings-Kummerkastentante im Fernsehen. »Das ist eine defätistische Haltung, das ist ganz falsch, völlig falsch. Du solltest dich auf diesen neuen Lebensabschnitt freuen – Pläne machen, Begeisterung zeigen.« Charley sah sie mit einem listigen Lächeln an.

»Ach, ja?«

Sarah nickte. »Sobald du dich im Viktoriaheim eingerichtet hast, werden wir beide, du und ich, ein Buch schreiben.«

Charley tätschelte wieder ihren Arm. »Ach, da mach dir mal keine Sorgen, ich werde immer noch mit dir über deinen Geschichtskrempel klönen können, wenn dir das Kummer macht.«

»Nein, das meine ich nicht – ich meine ein richtiges Buch! Das in einem Verlag von richtigen Verlegern gedruckt wird und das man in Läden kaufen kann. Vielleicht machen sie daraus sogar eine Fernsehserie.« Sarah wurde manchmal von ihren guten Einfällen etwas fortgerissen.

»Ich kann kein Buch nicht schreiben«, knurrte Charley, aber Sarah merkte, dass er nicht mehr zu den Enten rübersah, sondern sich ihr interessiert zugewandt hatte.

»Du kannst – wir können. Über dein Leben als Schleusenwärter und die vielen Veränderungen, die du gesehen hast, und die sonderbaren Leute, die du getroffen hast, und lauter solche Sachen. Und wir können es mit alten Fotos illustrieren, zum Beispiel mit dem hier.«

Sie zeigte ihm den Schnappschuss, den Granny Jay ihr gegeben hatte. Charley blinzelte das Foto kurzsichtig an und ließ ein krächzendes Lachen hören.

»Bin seither ganz schön geschrumpelt, was, mein Mädchen? Komisch, weißt du, in meinem Kopf fühle ich mich überhaupt nicht verändert. Aber dann stehe ich auf und sofort erinnern meine Kniescheiben mich daran! Ein Buch, hä?« Er sah nachdenklich vor sich hin.

Sarah grinste. »Das ist doch ein genialer Plan, oder? Du wirst berühmt und wirst zu Talkshows eingeladen und so.«

Charley grinste und gab ihr einen Rippenstoß. »Ich hätte nichts dagegen, mit dieser Anthea Turner mal auf einem Sofa zu sitzen.« Er kicherte.

»Charley!«, rief Sarah in gespieltem Entsetzen. »Was du aber auch für Ideen hast!«

Charley stand auf. »Hm, ich sollte mal lieber zurückgehen – muss deine Gran im Auge behalten, solange das noch möglich ist. Sie tut so, als könnte sie mehr, als sie eigentlich noch kann, die dickköpfige alte Schachtel.«

»Sie hat sich vorhin etwas seltsam aufgeführt«, gab Sarah zu.

Charley sah sie scharf an. »Wieder?«

»Ist das schon öfter passiert?«, fragte Sarah besorgt. »Aber Gran ist doch nie krank.«

»Sie hält sich für ein Zicklein auf der Weide und hüpft auch so rum«, grummelte Charley. »Ich kümmere mich schon um sie. Mach dir mal keine Sorgen.«

»Also, wir schreiben dann das Buch, ja?«

Charley lächelte. »Na, wenn du das sagst, dann machen wir das auch – du bist genauso hartnäckig wie deine Großmutter. Und wie soll das Buch heißen, he?« Er faltete die leere Tüte zusammen und steckte sie in seine

Tasche. »›Das Leben und die Lieben von Charles S. Rost‹?« Er lachte leise ächzend vor sich hin.

»Nein«, sagte Sarah, »ich hab schon den perfekten Titel.«

»Hab ich mir doch gedacht. Heraus damit.«

»›Rost an der Schleuse‹«, sagte Sarah triumphierend. »Kapiert?«

»Klar hab ich's kapiert. Ich bin doch noch nicht völlig senil«, blaffte Charley. »›Rost an der Schleuse‹«, wiederholte er dann grinsend. »Das gefällt mir. Ja, das gefällt mir.«

Charley schlurfte über die Brücke und murmelte: *»Trost an der Schleuse«,* und: »Ich finde diese Anthea Turner gut«, und Sarah machte sich höchst zufrieden mit sich in Richtung Bushaltestelle davon.

Sarah im Schockzustand

Wenn der Bus nicht an der Ampel angehalten hätte oder wenn Sarah die Kummerkastenseite in ihrer Illustrierten gelesen hätte, anstatt über den ersten Absatz von ihrem zukünftigen Bestseller nachzudenken, dann hätte sie sie nie gesehen. Und das hätte vielen Leuten eine Menge Ärger erspart.

Aber als der Bus quietschend zum Halten kam, warf sie einen Blick auf den Vorplatz von Hendersons Autohaus mit seinen Ausstellungsräumen (»Qualität auf Rädern für den anspruchsvollen Fahrer«) und sah den Jaguar ihres Vaters. Ihr Paps lehnte am Auto, den Kopf zwischen seinen Händen, und neben ihm, mit einem tröstenden Arm um seine Schultern, stand Livis Mutter.

Sarah fielen fast die Augen aus dem Kopf. Während sie noch hinsah, drehte Judy Hunter Leo Fields Kopf zu sich und küsste ihn sanft auf die Stirn. Sie ergriff seine Hand, führte ihn zu ihrem silberblauen Kleinwagen und sie stiegen beide dort ein.

Während der Bus wieder anfuhr, sah Sarah als Letztes, wie sich ihr Vater seinen Kopf an Mrs. Hunters Schulter lehnte, als sie vom Gelände des Autohauses fuhr.

Sarahs Herz klopfte wie verrückt und ihr war übel. Paps und Mrs. Hunter! Was war da los? Was machten die beiden da? Das Dumme war nur, Sarah wusste, was sie da machten. Sie hatte schließlich nicht umsonst seit drei Jahren die Leserbriefseiten in Illustrierten studiert und wusste genau, dass heimliche Treffen in den Autos anderer Leute nur eins bedeuten konnten: Ihr Vater hatte ein Verhältnis mit Mrs. Hunter. Das war doch nicht möglich! Doch nicht ihr Vater. Andere Männer hatten Verhältnisse – Männer wie Mike Hunter und Hayley Spicers Vater, der einfach abgehauen war und eine Rothaarige mit drei Kindern geheiratet hatte, die Hayley hasste und zum Teufel wünschte. Aber Sarahs Vater – der würde so was doch nicht in tausend Jahren tun, allein der Gedanke daran war lächerlich. Ihre Eltern liebten sich doch. Aber sie hatte gesehen, wie Mrs. Hunter ihn küsste, seine Hand hielt und ihn in ihr Auto lockte. Wahrscheinlich hatte sie ihn mit Gewalt dahin gezerrt.

Jawohl, das war es. Es war alles Mrs. Hunters Schuld, nicht die ihres Vaters. Sie war ein Vamp, eine männermordende Verführerin. Nur weil Livis Mutter es nicht geschafft hatte, ihren eigenen Mann zu behalten, klaute sie jetzt den von einer anderen Frau. Wie konnte sie nur? Angeblich war sie doch die beste Freundin von Sarahs Mutter.

Aber Paps ließ sich klauen, dachte Sarah. Dann schob sie den Gedanken wieder weit von sich.

Sarah stieg aus und lief die Straße entlang. In ihrem Kopf drehte sich alles. Was sollte sie tun? Ihrem Vater sagen, dass sie alles wusste? Dann musste sie aber dafür sorgen, dass ihre Mutter nicht in der Nähe war, denn wenn die davon etwas mitkriegte, würde es ihr das Herz brechen. Sollte sie Livi davon erzählen? Das wäre gemein, weil die doch schon genug Kummer wegen ihrem Vater hatte ... und ...

Das war's. Livis Vater. Sie hatte ganz vergessen, dass sie ihn ja eigentlich wieder zu Livi nach Hause locken wollte. Na, jetzt hatte sie ja einen doppelten Grund, um Mr. Hunter nach Leehampton zurückzubringen. Nicht nur wegen Livi, sondern wegen ihnen allen. Denn wenn Mike Hunter wieder nach Hause zurückkehrte, würde Mrs. Hunter Sarahs Vater in Ruhe lassen. Es gab also keinen Grund, jetzt irgendjemandem Kummer zu machen. Das konnte sie ganz allein hinbiegen. Das Bild von Mrs. Hunter, wie sie Paps küsste, tauchte wieder vor Sarahs Augen auf und einen Augenblick lang war sie so wütend, dass sie am liebsten geschrien oder geheult hätte. Aufhören, ermahnte sie sich. Das ist nur ein weiteres Problem, das ruhig und rasch gelöst werden muss. Paps muss aus den Klauen dieser hinterlistigen einsamen Frau befreit werden, und wer wäre besser geeignet, dies zu tun, dachte Sarah, als seine Tochter.

Es spitzt sich zu

»Ich weiß überhaupt nicht mehr, was mit deinem Vater los ist«, beklagte sich Sarahs Mutter am gleichen Abend, als sie eine Fischpastete aus dem Backofen holte.

Er wurde in die Fänge deiner so genannten Freundin gelockt, dachte Sarah traurig.

Ihre Mutter strich sich eine Haarsträhne aus dem Gesicht. »Sarah, sei ein Schatz und ruf mal im Büro an – ich kann die Pastete nicht länger warm halten.«

Da ist bestimmt niemand, dachte Sarah, aber sie ging in die Diele und hob den Hörer ab.

Sie hatte gerade erst drei Zahlen eingetippt, als sie draußen auf dem Kies Reifen knirschen hörte und Scheinwerferlicht durch das Flurfenster strahlte.

»Er ist da!«, rief sie ihrer Mutter erleichtert zu und machte die Haustür auf.

Aber es war nicht der Jaguar ihres Vaters, der in der Auffahrt stand, sondern Mrs. Hunters Auto. Ihr Vater stieg auf der Beifahrerseite aus und beugte sich zu Livis Mutter runter, um was zu sagen. Sie hatten nicht gemerkt, dass Sarah auf der Türschwelle stand.

»Du musst es ihr sagen, Leo – du kannst es nicht länger vor dir herschieben!«, hörte sie Livis Mutter drängen.

»Ich weiß ja, du hast Recht«, erwiderte Mr. Field. »Es ist nur – na ja, ich will nicht …«

»Tu's«, befahl Mrs. Hunter. »Tu's noch heute Abend. Wenn du es aufschiebst, machst du alles nur noch schlimmer.«

»Aber Celia wird völlig verstört sein …«, sagte Mr. Field. Sarah hätte sich am liebsten umgedreht und wäre weggelaufen, aber sie stand da wie angewurzelt. Ihre Kehle war trocken und sie konnte kaum schlucken. Sie hörte ihren Herzschlag bis in die Ohren dröhnen. Sie sah, wie Mrs. Hunter sich herüberbeugte und eine von Leos Händen ergriff.

»Du schuldest es ihnen, ihnen allen«, sagte sie und sah Mr. Field eindringlich an. »Tu's, Leo – ich meine das ernst. Du musst es tun. Das schuldest du ihnen.«

Mr. Field nickte langsam.

Genau in diesem Moment kam Sarahs Mutter an die Tür.

»Judy!«, rief sie und winkte heftig mit einem Geschirrtuch, als Mrs. Hunter Gas gab, zurücksetzte und rasch die Auffahrt hinunterfuhr.

Mr. Field wandte sich zu ihr um.

»Warum hast du Judy nicht hereingebeten?«, erkundigte sich seine Frau. »Ich hab sie schon seit Tagen nicht mehr gesehen – sie arbeitet so viel, die Gute.«

Sarah ertrug es nicht mehr. Sie hätte am liebsten geschrien: Nein, das tut sie nicht, sie verführt meinen Vater und zerstört unsere Familie. Deshalb ist sie davongebraust, als sie dich sah. Wenn das kein Beweis für ihre Schuld ist, was dann? Sie ist gemein und hinterhältig und ich hasse sie. Aber Sarah schwieg.

»Wo ist der Jag?«, fragte Sarahs Mutter, als sie die leere Auffahrt sah.

Mr. Field ging müde in die Diele und legte seinen Aktenkoffer auf den Tisch, dann betrat er die Küche.

»Er ist – äh, also, hm, er hat eine Delle abgekriegt.«

Sarahs Mutter riss den Mund erschrocken auf und griff nach dem Arm ihres Mannes.

»O nein – bist du verletzt? Alles in Ordnung? Was –«

Mr. Field legte einen Arm besänftigend auf ihre Schulter. »Es ist nichts passiert – aber das Auto wird leider eine Weile zur Reparatur müssen, fürchte ich. Karosserieschaden. Judy hat mich nach Hause gefahren.«

Ein Unfall! Deshalb war das Auto im Autohaus. Deshalb hatte Mrs. Hunter ihn zu ihrem Auto geführt und sich so intensiv um ihn gekümmert. Er hatte offensichtlich einen Schock erlitten.

Eine große Welle der Erleichterung durchströmte Sarahs Körper.

»Oh, gut!«, sagte sie.

»Was?«, fragten ihre Eltern erstaunt im Chor.

»Ich meine, was für ein Glück, dass dir nichts passiert ist! Da hast du noch mal Schwein gehabt.«

Sarah war so dankbar, dass ihr Verdacht unbegründet gewesen war, dass sie sich noch zweimal von der Fischpastete nachnahm, drei Portionen von dem selbst gemachten Zitronensorbet ihrer Mutter aß und hinterher noch ein großes Stück Stilton-Käse. Erst als sie nachts im

Bett lag und leichte Verdauungsbeschwerden hatte, kamen ihr rasch hintereinander einige Gedanken. Wieso war Mrs. Hunter in der Nähe gewesen, als Paps diesen ominösen Unfall hatte? Was schob er ihrer Meinung nach dauernd vor sich her? Und am allerschlimmsten: Wenn das wirklich ein Unfall gewesen war, wieso hatte dann der Jaguar ihres Vaters ohne einen einzigen Kratzer bei den Gebrauchtwagen auf Hendersons Ausstellungsgelände gestanden?

Mrs. Hunter wirft Sand ins Getriebe

Als am Samstagmorgen der Wecker klingelte, musste Sarah sich dazu zwingen, aus dem Bett zu steigen. Sie war überhaupt nicht in der Stimmung für einen Einkaufsbummel mit Livi. Sie hatte schlecht geschlafen und immer wieder geträumt, dass ihr Vater und Mrs. Hunter über einen großen See fuhren und das Auto langsam unterging. Sarah versuchte ihren Vater zu retten, aber er versank unaufhaltsam. Sie wachte mit Kopfschmerzen auf und hatte ein eklig nagendes Gefühl ganz unten im Magen. Aber versprochen war versprochen, und wenn die Liebesgeschichte zwischen Luke und Livi durch deren Ausstattung mit schrillen Klamotten gefördert würde, dann musste Sarah ihrer Freundin unbedingt helfen. Außerdem konnte sie sie dann gleich nach dem gegenwärtigen Aufenthaltsort von Mr. Hunter ausfragen. Denn wenn Sarah eine Sache ganz unbedingt wollte, dann war das die Rückkehr von Livis Vater in den Schoß seiner Familie, an die Seite seiner Frau.

Sarah stand in der Diele und machte gerade den Reißverschluss von ihrem neuen Parka zu, als es klingelte. Es war Livis Mutter.

»Hallo, Süße!« Mrs. Hunter kam in die Diele und gab Sarah ein Küsschen auf die Wange.

»Ist deine Mutter in der Küche?«, fragte sie gut gelaunt.

Sarah starrte sie wütend an und nickte kurz. Als sie Livis Mutter frech wie Oskar dastehen sah, fiel ihr auf einmal alles wieder ein – wie sie die Hand ihres Vaters gehalten hatte, der Kuss, der grässliche Traum. Und jetzt besaß sie die Frechheit, einfach ihre Mutter zu besuchen, als ob nichts los wäre. Plötzlich war Sarah froh, dass sie gerade weggehen wollte.

»Meine Liebe, wie geht es dir?« Judy Hunter umarmte Mrs. Field und hielt sie dann auf Armeslänge vor sich und betrachtete sie prüfend. »Alles in Ordnung?«

Sarahs Mutter sah verwirrt aus.

»Mir geht's gut«, sagte sie und gab ihrer Freundin ein Küsschen auf die Wange. »Oh, und vielen Dank noch mal, dass du Leo heimgefahren hast.«

Judy setzte sich auf einen Küchenstuhl.

»Das war ja wohl das Mindeste, was ich tun konnte. Wie geht es ihm denn, dem Ärmsten?«

Sarah warf ihr bei dieser unangebrachten Beileidsbekundung wütende Blicke zu.

»Ich lass ihn ausschlafen«, sagte Sarahs Mutter. »Es hat ihn alles so mitgenommen.«

»Tja, kann man ja verstehen«, sagte Mrs. Hunter. »So eine schreckliche Geschichte.»

»Ja. Aber es hätte ja noch viel schlimmer kommen können.«

»Wie das denn?« Mrs. Hunter riss verwundert die Augen auf.

»Na ja, Leo hätte sich verletzen können. Ein Auto ist schließlich nur ein Auto, oder? Das kann man reparieren. Oder vielleicht sollten wir uns ein neues kaufen.« Ihre Augen leuchteten auf. »Ich finde den neuen Peugeot traumhaft ...«

Judy runzelte die Stirn.

»Aber Celia, wie kannst du nur an ein neues ...«, fing sie an, wurde aber von Sarahs Vater unterbrochen, der in die Küche geeilt kam.

»Guten Morgen, Judy«, sagte er aufgekratzt und knöpfte sich dabei das Hemd zu. »Ich dachte doch, ich hätte deine Stimme gehört.« Sarah sah, wie er in Judys Richtung eine Grimasse zog und seinen Kopf kaum wahrnehmbar schüttelte. »Redet ihr gerade über den Unfall? Ich bin ja noch mal davongekommen – nur schade wegen dem Auto.«

Mrs. Hunter sah Leo forschend an.

»Aber du ...?«

»Die Werkstatt sagt, es dauert ein paar Wochen, bis sie ihn wieder im alten Zustand haben.« Er schüttelte noch einmal ganz leicht den Kopf. Die beiden haben etwas miteinander, dachte Sarah. Und das hat nichts mit dem blöden Auto zu tun. Was hier genau vor sich ging, wusste Sarah auch nicht. Doch das, was sie wusste, machte ihr sehr viel Kummer.

Was für ein total verwirrtes Netz ...

»Du kommst zu spät«, warf Livi Sarah vor, als die schnaufend beim Eingang von der Einkaufspassage auftauchte.

»'tschuldigung.« Sarah schnappte nach Luft. »Bus.« Sie sagte nichts davon, dass sie viel zu sehr mit ihren Sorgen wegen ihrem Vater und Mrs. Hunter beschäftigt gewesen war und deshalb vergessen hatte, an der richtigen Haltestelle auszusteigen. Sie bückte sich und berührte ihre Schuhspitzen, damit das Seitenstechen endlich aufhörte.

»Komm, los, schnell«, drängelte Livi, grabschte Sarahs Arm und zischte zum Fahrstuhl. Sie trug knallrote Caprihosen und ein enges Buklee-Top und Sarah fand, dass Livi schon lange nicht mehr so hübsch ausgesehen hatte. Das machte bestimmt die Liebe.

»Was willst du denn?«, protestierte Sarah. »Wieso diese Eile?«

»Es ist Viertel vor elf.«

»Na und?«

»Wir sollten schon vor fünf Minuten in der Espresso-Bar sein. Mach schon.«

Sie zog sie in die Fahrstuhlkabine.

»Livi, kannst du mir mal bitte sagen, was das soll?«, fragte Sarah, als sie den ersten Stock erreichten.

»Wart's ab.« Livi fing an zu rennen.

Die Einkaufspassage war rappelvoll mit Samstagskunden und sie mussten Frauen mit Buggys ausweichen und alten Damen mit Einkaufstaschen auf Rädern. Als sie sich dem *Toasted Teacake* näherten, rannte Livi an einem der kleinen gelben Dreiecke vorbei, die besagen: »Achtung! Boden frisch gewischt«, und glitt auf einem Fuß über das Rhombenmuster der Fliesen, bis sie ziemlich unelegant auf allen vieren vor einer etwas entgeistert dreinschauenden Dame in einem lila Overall landete, den Sarah völlig unpassend fand, einmal wegen ihres Alters und zweitens wegen der Farbe.

Sarah erwartete, dass Livi wieder aufsprang, einen kräftigen Fluch von der fiesen Sorte losließ, der ihr bei Mr. Golding Nachsitzen einbringen würde, und weiterlief. Aber nichts geschah. Sarah kauerte sich neben sie und sah voller Schrecken, dass ihre Freundin ein leichenblasses Gesicht hatte.

Livi stöhnte: »Meine Handgelenk«, umklammerte ihre linke Hand und versuchte sich aufzurichten.

»Sie sollte sich hinsetzen«, sagte der lila Overall. »Komm mal mit ins Café rein, meine Kleine.«

Sarah bückte sich, um Livis limonengrünen Rucksack aufzuheben, dessen Inhalt über den Boden verstreut lag. Sie wollte gerade ins Café hineingehen und ihn Livi bringen, als sie eine Eingebung hatte. Sie kramte in dem Rucksack herum und fand das kleine rote Adressbuch, das sie selbst Livi zum elften Geburtstag geschenkt hatte.

»Ha!«, sagte sie, als sie eine Seite aufschlug. »Da ist er ja. Das war Schicksal!«

Sie ließ das Büchlein in ihre Tasche gleiten und ging an den Tisch, wo Livi ein Glas Wasser trank. Zu Sarahs Überraschung stand auf der anderen Seite von Livi Luke Cunningham.

Plötzlich kriegte das alles einen Sinn. Deshalb wollte Livi unbedingt pünktlich im *Toasted Teacake* sein. Luke hatte sich da mit ihr treffen wollen und Livi wollte Sarah als moralische Unterstützung dabeihaben. Und jetzt hatte das Schicksal eingegriffen und alles wunderbar erleichtert. Luke konnte sich nun als Beschützer aufführen, sich um Livi kümmern und ihre unsterbliche Zuneigung erringen und Sarah konnte ihren neuen Plan verwirklichen.

Luke sah nicht besonders beschützerhaft aus, aber er strahlte plötzlich, als Sarah am Tisch erschien.

»Hallo, Sarah, du siehst klasse aus – möchtest du vielleicht –«

»Hi, Luke – Livi, bist du okay?«

Livi nickte schwach und sah Luke an.

»Tut mir so Leid. Jetzt hab ich alles verdorben …«

»Hör mal«, sagte Sarah. »Ich muss loszischen und was erledigen. Luke, kannst du Livi nach Hause bringen?«

Luke sah unsicher drein.

»Na ja, eigentlich wollte ich …«, stotterte er.

»Nein!« Sarah hatte einen noch besseren Einfall. »Ich finde, du solltest mit ihr zur Ambulanz fahren und sie röntgen lassen. Ja, ich meine, das müsste unbedingt gemacht werden.«

»Nein«, widersprach Livi. »Mir geht's wieder gut – ehrlich. Du und Luke, ihr solltet …«

»Ich muss los«, sagte Sarah entschieden. »Luke, pass an meiner Stelle auf sie auf, ja? Ich verlass mich auf dich.«

Luke grinste.

»Ich werde das Kind schon schaukeln«, sagte er und Sarah schöpfte erneut Hoffnung. Livi jedoch blickte sie ausnahmsweise zweifelnd an.

»Livi, mach dir mal keine Sorgen. Ich komm dann zum Krankenhaus.«

Und mit einer gravitätischen Handbewegung machte sie sich davon, während die beiden ihr mit offenem Mund hinterherschauten.

In der einen Hand hielt Sarah Livis Adressbuch und mit der anderen tippte sie die Nummern ins Telefon.

»Kann ich bitte mal Mr. Michael Hunter sprechen? Ja, ja, ich warte.« Sie nahm an, dass die quiekige Stimme am anderen Ende der blöden Rosalie gehörte.

»Mike Hunter am Apparat. Mit wem spreche ich?«

Sarah hatte ein Taschentuch über die Sprechmuschel gelegt. »Oh! Mr. Hunter, ich rufe wegen Ihrer Tochter Olivia an.« Sarah war gerade noch eingefallen, den ganzen Namen ihrer Freundin zu nennen. »Hier ist die Ambulanz vom Allgemeinen Krankenhaus in Leehampton – Ihre Tochter hatte einen Unfall.«

Am anderen Ende wurde hörbar Luft geholt und einen Augenblick lang hatte Sarah seltsamerweise Schuldgefühle. Aber dann erinnerte sie sich wieder daran, dass dies alles einer guten Sache diente. Livis Glück und das Überleben von Sarahs Familie hing von dem Erfolg ihres Plans ab.

»Was ist passiert?« Die Stimme von Mr. Hunter klang gepresst.

»Sie ist gestürzt – sie brach im Arndale-Einkaufszentrum zusammen und wurde hierher gebracht. Möglicherweise hat sie sich einen oder zwei Knochen gebrochen. Aber die Sache ist die, es geht ihr nicht gut und sie fragt nach Ihnen.«

Am anderen Ende war Stille und einen Moment lang dachte Sarah schon, sie wären unterbrochen worden. Dann hörte sie Mr. Hunter tief Luft holen und sagen: »Gut – ich fahre sofort los. Es wird wohl so zwei Stunden dauern. Das Allgemeine Krankenhaus, sagten Sie?«

»Ganz recht.«

»Ist meine Frau bei ihr?«, erkundigte sich Mr. Hunter. Sarah überlegte blitzschnell.

»Wir konnten sie noch nicht erreichen«, sagte sie hastig. »Ihre Tochter sagte uns, sie sei auf einem Kunstmarkt. Aber Olivia hat nach *Ihnen* gefragt.«

»Sagen Sie ihr, sie soll auf mich warten«, sagte Mr. Hunter. »Ich bin schon unterwegs.«

Zwei Stunden, dachte Sarah. Das sollte reichen, damit er sich bei seiner Ankunft hier ordentlich schuldig fühlt. Jetzt musste sie nur noch zur Ambulanz fahren und dafür sorgen, dass Livi blass und jämmerlich genug aus der Wäsche schaute, bis Mr. Hunter kam.

»Olivia Hunter? Nein, tut mir Leid, jemand mit diesem Namen ist heute noch nicht in die Ambulanz gekommen.« Die Schwester sah Sarah bedauernd an.

»Aber sie muss hier sein«, keuchte Sarah, die den Kilometer bis zum Krankenhaus gerannt war. »Ich hab es ihr aufgetragen. Sie hatte sich ihr Handgelenk verletzt.«

Die Schwester überprüfte noch einmal ihre Liste und schüttelte den Kopf.

»Bedaure. Vielleicht ist deine Freundin heimgegangen.«

Sarah seufzte. Jetzt hatte sie sich so viel Mühe gemacht und bald würde Mr. Hunter kommen und feststellen, dass Livi gar nicht da war. Sie begriff nicht, was passiert war – sie hatte ihnen doch die klare Anweisung gegeben, direkt zur Ambulanz zu gehen. Natürlich konnte es auch sein, dass sie nach Hause gegangen waren – vielleicht wollten sie zusammen allein sein, und weil Mrs. Hunter nicht zu Hause war, bot sich eine perfekte Gelegenheit. Aber was war jetzt mit Livis Vater? Da musste etwas geschehen.

»Vielleicht können Sie mir helfen«, sagte sie zu der Krankenschwester und lächelte ihr charmantestes, unschuldigstes Lächeln. »Sehen Sie, Olivias Vater ist auf dem

Weg hierher, weil ... weil er wegen dem Unfall benachrichtigt wurde. Könnten Sie ihm sagen, dass seine Tochter wieder zu Hause ist, aber ständig nach ihm fragt?«

Die Schwester schrieb das auf. »O. Hunter – zu Hause.«

Sarah sah sie prüfend an.

»Sie vergessen das doch nicht mit dem ›fragt immer nach ihm‹?« Sie beugte sich über den Tresen und fügte vertraulich hinzu: »Es ist eine sehr schwierige Situation – sie hat ein emotionales Tief.«

»Okay«, sagte die Schwester, von der Sarah sich eigentlich ein anderes Ausmaß an Anteilnahme gewünscht hätte, was man doch eigentlich von den pflegerischen Berufen erwarten konnte. »Wär's das dann?«

»Oh, Sarah, du bist's! Livi hat gerade von dir gesprochen.« Mrs. Hunter hatte einen Krümel Ton an der Nasenspitze und sah ziemlich genervt aus.

Sarah war nicht darauf vorbereitet, dass Livis Mutter zu Hause sein würde, und sie wollte eigentlich auch nicht mit ihr sprechen. Sie erinnerte sich noch dauernd an diese Blicke, die heute Morgen zwischen ihr und Sarahs Vater hin und her gegangen waren. Aber da sie jetzt vor der Hunter'schen Haustür stand, musste sie wohl oder übel mit ihr reden.

»Ich wollte nur sehen, ob mit Livi alles in Ordnung ist«, erklärte Sarah. »Sie ist nicht im Krankenhaus gewesen.«

Livi erschien in der Küchentür. Sarah war ein bisschen eingeschnappt, weil ihre Wangen schon wieder ganz rosig waren und ihr Handgelenk lediglich mit einem mickrigen kleinen Verband aufwarten konnte.

»Mir geht's gut«, sagte Livi und kam zur Tür. »Was war denn mit dir los?«

»Ich – äh, hm.« Sarah versuchte eine plausible Erklärung zu finden. »Ich musste noch was erledigen.«

»Ach, toll, und da hast du Livi im Stich gelassen«, sagte Mrs. Hunter.

»Aber Luke war doch bei ihr!«, protestierte Sarah, die ziemlich enttäuscht war, dass er jetzt nicht neben Livi stand und den Arm tröstend um sie gelegt hatte. »Er wollte sich doch um sie kümmern – er ist ein sehr fürsorglicher Mensch«, betonte sie, damit sein Ansehen bei Mrs. Hunter wuchs.

»O ja, wahrscheinlich.« Mrs. Hunter seufzte und strich sich mit der Hand müde über die Stirn. »Tut mir Leid, Sarah, entschuldige – ich stehe momentan ziemlich unter Stress.«

Darauf könnte ich wetten, dachte Sarah. Erwarten Sie nur kein Mitgefühl von mir, Sie Ehezerstörerin.

»Und ich verstehe ja auch, dass du jetzt viel zum Nachdenken hast.« Livis Mutter sah sie forschend an.

Ja, weil du meinen Vater verführst, dachte Sarah unglücklich und fragte sich gerade, was Mrs. Hunter damit eigentlich hatte sagen wollen, als ein blauer Ford mit einer eingedellten Stoßstange quietschend vor dem Haus zum Halten kam und Mr. Hunter heraussprang.

»Papa!«, schrie Livi und sauste auf eine Art durch die Haustür, die Sarah viel zu gesund erschien, um Mr. Hunter noch weiterhin Grund zur Sorge zu geben.

»Mike!« Mrs. Hunter schnappte nach Luft.

»Livi!«, rief Mr. Hunter. »Aber sie sagten, du wärst – dem Himmel sei Dank! Gott sei Dank!«

»Ich pack's dann«, sagte Sarah, aber keiner schien sie gehört zu haben.

Als sie die Straße hinunterging, drehte sie sich noch einmal um und sah Livi am Hals ihres Vaters hängen, während Mrs. Hunter mit hochrotem Gesicht zusah, was, wie Sarah hoffte, von leidenschaftlichen Gefühlen herrührte.

Sie lächelte selig. Schon wieder war ein Problem erfolgreich gelöst. Jetzt konnte alles wieder weiterlaufen wie früher. Doch wie sich herausstellen sollte, war das genaue Gegenteil der Fall.

Ein Brief macht Probleme

Nach den aufregenden Erlebnissen am Vormittag war Sarah schrecklich hungrig, als sie nach Hause kam. Sie öffnete die Haustür und erwartete den köstlichen Duft von einem Mittagessen. Stattdessen fand sie ihre Mutter am Küchentisch sitzen, den Kopf zwischen den Händen, und Melly lief den Tränen nahe auf und ab, ihre sonst so blasse Haut gerötet vor Zorn.

»Was ist denn hier los?« Sarahs Magen machte einen Purzelbaum. Paps hatte doch bestimmt nichts über sich und Mrs. Hunter erzählt – schon gar nicht, nachdem

Sarah das Problem doch gerade höchst elegant auf die Reihe gekriegt hatte.

Ihre Mutter sah auf.

»Oh, hallo, Schätzchen. Es ist nichts, hoffe ich – nur eine dumme Verwechslung.«

»Was denn?«

Melly wedelte mit einem Brief.

»Es ist so oberpeinlich!«, wütete sie. »Wie kann er nur – wie konnte er mir das nur antun!«

»Bestimmt gibt es eine ganz einfache Erklärung«, schaltete sich ihre Mutter ein. »Ich glaube, Paps hat das übersehen, so überlastet, wie er momentan ist.«

»Was übersehen? Will mir jemand mal bitte sagen, was hier los ist?«, brüllte Sarah.

Melly ließ sich auf einen Stuhl sinken und drückte Sarah den Brief in die Hand.

»Dann sieh dir das mal an!«, keifte sie.

»Ist das alles?« Sarah hatte ganz weiche Knie vor lauter Erleichterung, dass es sich nicht um Enthüllungen bezüglich Mrs. Hunters ausschweifendem Lebenswandel handelte. »Das ist doch sonnenklar – Paps hat es vergessen. So was passiert doch mal.«

»Das denke ich auch«, sagte Mrs. Field, sichtlich erleichtert. »Nur ein Versehen.«

»Ach, ja?« Melly war anderer Ansicht. »Für zwei Halbjahre? Er hat massenhaft Mahnungen gekriegt, steht da.«

Sie riss Sarah den Brief aus der Hand.

Bellborough-Court-Schule
Bellborough
Northants

Sehr geehrter Mr. Field,
sehr geehrte Mrs. Field,

trotz wiederholter Mahnungen bezüglich der nicht erfolgten Zahlungen wurde von August bis jetzt das Schulgeld für Melissa und Sarah nicht überwiesen.
Sollten die ausstehenden Beträge nicht innerhalb der nächsten vierzehn Tage eingehen, muss ich Ihnen leider mitteilen, dass mir keine andere Wahl bleibt, als Sie um die Abmeldung Ihrer Töchter von dieser Schule zu ersuchen. Im Hinblick auf Melissas bevorstehende Examina hoffe ich, dass Sie umgehend reagieren und mir einen Termin mitteilen, an dem wir diese höchst unangenehme Situation besprechen können.

Hochachtungsvoll

Lawrence L. Turner
Finanzausschuss
Bellborough Court

»Wie kann dieser Kerl nur davon reden, dass er uns von der Schule schmeißen will!«, rief sie wütend. »Leute wie wir verschaffen dieser Schule ihren guten Ruf.«

Sarah holte tief Luft. Sie wusste, dazu würde es nie kommen, aber sie war beunruhigt, wieso ihr sonst so zuverlässiger Vater so etwas Wichtiges wie die Schulgeldzahlung vergessen haben sollte. Wahrscheinlich weil er viel zu beschäftigt mit Judy Hunter war, um noch an was anderes zu denken. Vielleicht hat sie ihn auch ausgenommen wie eine Weihnachtsgans. Wenn Sarah es recht bedachte, sah Mrs. Hunter in letzter Zeit auch viel schicker aus. Sarah hatte schon viel über Frauen gelesen, die sich aushalten ließen. Aber es war jetzt wohl kaum angebracht, solche Ängste vor ihrer Mutter und ihrer Schwester zu äußern.

»Vielleicht läuft es in der Firma nicht so toll«, überlegte sie laut. »Hat Paps nicht neulich irgendwas gesagt, dass die Dinge nicht so gut ständen? Was war denn nun mit der Konferenz gestern?«

Eine Sekunde lang sah Sarahs Mutter aus, als hätte sie Angst. »Ich hab ganz vergessen, danach zu fragen«, gestand sie. »Du glaubst doch nicht ...« Dann schüttelte sie abweisend den Kopf. »Nein, ich bin mir ganz sicher, da geht alles bestens. Das Geschäft lief doch immer gut – euer Vater ist ein sehr tüchtiger Mann. Vielleicht ging die Überweisung verloren. Wenn er vom Golfspielen zurückkommt, werde ich ihn fragen. Jetzt wollen wir erst mal was zu Mittag essen und dann muss ich noch einkaufen – ich muss noch eine Menge Quiches und Rouladen für die Party machen.«

Melly war nicht sehr fröhlich gestimmt.

»Ich kann nur hoffen, dass niemand das jemals herausfindet«, sagte sie zu Sarah. »Ich finde das so entwürdigend – und dieser Turner ist außerdem noch mit Nathans Eltern befreundet.«

»So was ist doch alles vertraulich«, versicherte ihr Sarah. »Der sagt bestimmt nichts. Glaubst du, dass Paps in Schwierigkeiten steckt?«, streckte sie die Fühler aus.

»Finanzprobleme, meinst du?« Mellys Augen weiteten sich entsetzt. »Das soll er mal lieber bleiben lassen – er muss mir diese Woche mein Flugticket besorgen, Vickis Vater hat ihres schon abgeholt. Und Paps hat auch noch nicht den Champagner bezahlt und wir können ihn vorher nicht abholen.«

»Oh, das macht er bestimmt alles noch«, sagte Sarah zuversichtlich. »Aber das mit dem Schulgeld kapiere ich echt nicht.«

Sie erinnerte sich an GeGes Frage wegen ihrem Vater, ob er oft von zu Hause weg wäre. Sie hatte das Gefühl, dass diese Dinge sehr viel miteinander zu tun hatten.

»Na, er muss es eben bezahlen, ist doch klar«, sagte Melly. »Ich wünschte nur, er wäre nicht immer so geistesabwesend – schließlich wollen wir ja nicht in den gleichen Ruf kommen wie die Hunters, hm? Weißt du noch, wie sich alle die Mäuler zerrissen haben, als sie ihr Haus verkaufen und wegziehen mussten? Gott sei Dank ist Paps ja ganz anders als Mike Hunter.«

Trotz der guten Absichten ihrer Schwester trug die Erwähnung der Hunters leider in keiner Weise dazu bei, dass sich Sarah besser fühlte.

Sarah muss büßen

Sarah verbrachte den Nachmittag zusammen mit Neil auf Rollerblades, ein Sport, der ihr half, die Sorgen zu vergessen, weil all ihre Aufmerksamkeit sich darauf konzentrierte, in der Senkrechten zu bleiben. Neil hatte offenbar großen Spaß dabei, wenn er Sarahs Hand so fest hielt, wie er nur konnte, was angeblich nur verhindern sollte, dass sie stürzte. Er schien unnötigerweise deprimiert, als sie ihm sagte, dass sie nur besser werden konnte, wenn er sie in Ruhe allein lernen ließ.

Sie hatte gerade geduscht und kämpfte in ihrem Zimmer mit der Entscheidung, ob sie den Bronze-Lidschatten besser fand als den eisblau-arktischen, und genoss die Düfte von den Backkunstwerken ihrer Mutter, die bis nach oben waberten und ihr das Wasser im Mund zusammenlaufen ließen, als sie einen Lärm an der Haustür hörte. Da sie nur ungern etwas verpasste, was auch nur im Ansatz spannend zu werden versprach, ließ sie ihr Make-up-Bürstchen liegen und öffnete ihre Tür. Und blieb wie erstarrt stehen.

Livis Mutter stand in der Diele. Ihre Haare unter einem diesmal safrangelben Schal waren zu einem französischen Zopf geflochten und Tränen strömten über ihr Gesicht. Sarahs Mutter – mit Mehl am Kinn – hatte ihren Arm schützend um sie gelegt.

»Er hat gesagt, ich hätte einen miesen Trick angewandt, um ihn reinzulegen«, hörte sie Judy schluchzen.

»Er meinte, ich hätte jemanden dazu veranlasst, bei ihm anzurufen und ihm vorzulügen, dass Livi im Krankenhaus wäre, nur damit er zu uns kommen sollte. Er hat mir vorgeworfen«, sie schluckte, »ich wäre eine intrigante Ziege.«

»Nein!«, rief Sarahs Mutter.

»Ich habe ihm gesagt, dass ich nichts dergleichen getan habe, aber er wollte mir nicht glauben.«

»Oh, Judy«, seufzte Celia und tätschelte deren Schulter, »das tut mir ja so Leid, aber bestimmt wird das Krankenhaus bestätigen, dass sie ihn angerufen haben.«

»Aber das ist es ja!« Judys Schultern zuckten. »Mike hat da nachgefragt, sie haben nichts getan – Livi war ja gar nicht im Krankenhaus. Sie kam direkt nach Hause und sagte, Sarah hätte sich ganz überflüssige Sorgen gemacht.«

»Sarah?«, erkundigte sich Mrs. Field. »Ist das alles passiert, als Sarah mit Livi zusammen war? Davon hat sie gar nichts erzählt.«

»Nein?« Mrs. Hunter hörte sich überrascht an. »Sie war doch bei Livi, als sie stürzte – aber dann musste sie ganz dringend weg. Deshalb hat Luke Cunningham Livi nach Hause gebracht. Ich möchte bloß wissen, wer Mike angerufen hat?« Sie sah Sarahs Mutter an. »Er glaubt, ich wäre es gewesen, weil nicht viele Leute seine neue Telefonnummer wissen. Jetzt ist er zu dieser Rosalie zurückgerast – und Livi ist total am Boden zerstört und …«

»Komm, jetzt trinkst du erst mal eine Tasse Tee«, sagte Celia beruhigend, dann wurde die Küchentür geschlossen und Sarah konnte nur noch undeutliche Gesprächsfetzen wahrnehmen und das Geklapper von der Keksdose.

Sarah sank auf ihr Bett nieder und fühlte sich ziemlich mies und schuldig. So hatte es sich doch gar nicht entwickeln sollen. Mr. Hunter sollte merken, wie sehr er Livi und ihre Mutter und ihr gemeinsames Zuhause vermisste, sie hätten jetzt ihr Wiedersehen feiern und er hätte nicht auf dem Rückweg nach Runcorn sein sollen. Wenn doch Livi nur ins Krankenhaus gegangen wäre, wie Sarah das geplant hatte; wenn Mr. Hunter sie bleich und traurig und Mitleid heischend auf der Trage hätte liegen sehen, wäre sein Herz bestimmt weggeschmolzen, das wusste sie ganz genau. Warum machte Livi auch nicht, was man ihr sagte? Warum hatte Luke ihre Anweisungen nicht befolgt? Es war ja ganz schön, Menschen in einer Krise zu helfen, aber es war was ganz anderes, wenn sie durch ihre eigene Dummheit und ihren Mangel an Weitsicht alle Pläne kaputtmachten.

Aber am schlimmsten war, dass Mrs. Hunter Mami jetzt was vorheulte, die wahrscheinlich schrecklich lieb zu ihr war und gar nicht ahnte, dass sie genau die Frau tröstete, die ihren Mann stehlen wollte. Judy konnte noch so sehr tun, als würde sie unter dem Weggang von Mike leiden, aber in Wirklichkeit gehörte sie zu der Sorte Frauen, die Männer sammeln, so wie andere Leute Briefmarken.

Trotz aller Argumente, die sie in ihrem Kopf anführte, konnte Sarah aber Mrs. Hunters letzte Bemerkung nicht vergessen. »Livi ist total am Boden zerstört.« Sarah knabberte an ihren Fingerknöcheln. Hatte sie alles verdorben? Sie wollte Livi doch glücklich machen und nicht noch trauriger, als sie ohnehin schon war.

»Sarah!« Ihre Gedanken wurden durch den durchdringenden Ruf ihrer Mutter unterbrochen. »Sarah, komm bitte runter, und zwar sofort!« Das war eindeutig ein Befehl und kein Wunsch.

Sarah holte tief Luft. Sie wusste, dass die nächsten zehn Minuten äußerst unangenehm werden würden.

»Aber Sarah, siehst du denn nicht ein, dass dich das überhaupt nichts anging?«, fragte Judy Hunter, nachdem die ganze Geschichte dreimal durchgekaut worden war. »Was um alles in der Welt hat dich dazu gebracht, dich da einzumischen?«

Sarah seufzte. »Livi war so traurig. Sie redete immer nur davon, wie sehr sie ihren Vater vermisste und dass sie mit Ihnen darüber nicht sprechen könnte, und ich dachte, wenn ich ihn dazu bringen könnte, hierher zu kommen, dann würde er merken, dass Sie viel netter sind als Rosalie.« Sarah biss sich auf die Lippen, um nicht zu weinen. »Es ist alles ein Kommunikationsproblem, nicht?«, fügte sie mit Kennermiene hinzu.

»Ach, ja?«, fauchte Judy. »Na, wenn das so ist, dann lass dir gesagt sein, dass du es alles andere als beseitigt hast. Was meinst du damit, dass Livi nicht mit mir reden konnte?«

»Sie meinte, Sie würden ärgerlich, wenn sie ihren Vater erwähnt, und dann hatte sie Schuldgefühle, weil sie ihn zurückwünscht und Sie nicht.«

Judy schüttelte den Kopf und lächelte traurig. »Oh, ich hätte ihn auch gern wieder bei uns und ich weiß genau, wie sehr Livi sich das wünscht – deshalb wollte ich, dass sich die Dinge langsam entwickeln, ich durfte nichts erzwingen. Anders kommt man an Mike nicht heran.«

Wenn sie Mr. Hunter zurückwill, dachte Sarah, dann will sie ja überhaupt nicht unseren Paps. Das war doch eine gute Neuigkeit.

»Es tut mir Leid«, sagte Sarah. »Nur, als Livi stürzte und ich ihr Adressbuch fand, da schien mir das wie ein Wink des Schicksals. Ich wollte niemandem Ärger machen, ehrlich nicht.«

Judy langte über den Tisch und legte ihre Hand auf Sarahs.

Sarah bemerkte irritiert, dass unter ihren Fingernägeln noch Ton klebte.

»Ach, Sarah. Ich weiß ja, dass du es lieb gemeint hast, aber du kennst ja nur die Hälfte der Geschichte. Weißt du, ich wusste, wenn ich Mike in Ruhe ließ, würde er von ganz allein in ein oder zwei Monaten wieder zurückkommen. Das hat er immer gemacht – so ist er nun mal. Er hat seine kleine Affäre, überzeugt sich von seiner Attraktivität – was immer das auch heißen mag – und dann kommt er mit eingekniffenem Schwanz zurück und für eine Weile läuft bei uns wieder alles ganz wunderbar.«

Sarah starrte sie an. »Aber so kann man doch damit nicht umgehen«, rief sie aus. »Das ist doch verrückt!«

»Sarah!«, brüllte ihre Mutter. »Sofort entschuldigst du dich bei Mrs. Hunter!«

Livis Mutter hob die Hand.

»Lass nur, Celia. Sarah hat gar nicht so Unrecht. Feministinnen stünden bei dem, was ich mache, bestimmt die Haare zu Berge, findest du nicht? Aber siehst du, Sarah, der Punkt ist, dass ich mich dabei ganz gut fühle. Genauso hilft es mir, wenn ich mich manchmal total zurückziehe –

o ja, ich weiß, dass du dich dann über mich lustig machst, Celia.« Sie grinste ihre Freundin an. Celia grinste ertappt zurück.

»Nur, jetzt denkt Mike, er muss sich beweisen, und er wird noch länger wegbleiben.« Judy seufzte.

»Das tut mir echt Leid«, flüsterte Sarah.

»Das glaub ich dir. Aber denk in Zukunft mal dran: Leuten helfen wollen ist eine wunderbare Sache, aber sich in ihr Leben einmischen, ist manchmal ziemlich gefährlich.«

Sarah nickte.

»Glauben Sie, dass Livi mir verzeihen wird, wenn sie alles erfährt?«

»Fragen wir sie doch besser selbst«, schlug Mrs. Hunter vor. »Das Auto steht draußen.«

Sarah wollte schon widersprechen und sagen, dass Grant sie in einer guten Stunde hier abholen würde, aber dann hielt sie den Mund. Die Dinge mit Livi wieder einzurenken war viel wichtiger als ein Abend im *Stomping Ground.*

Freunde kommen, Freunde gehen

»Sie ist in ihrem Zimmer, geh mal besser zu ihr rauf«, sagte Mrs. Hunter.

Sarah klopfte an Livis Tür und trat ein.

Livi saß auf ihrem Bett und starrte raus in den Regen.

Als die Tür aufging, drehte sie sich um und Sarah sah, dass sie geweint hatte.

»Hi, Livi«, sagte sie unsicher. »Ich hab was für dich.« Sie holte aus ihrer Tasche das Adressbuch heraus und gab es ihr.

Livi versuchte ein viel zu strahlendes Lächeln, so, wie das Leute tun, wenn man ihnen nicht ansehen soll, dass sie traurig sind.

»Ach, danke, das ist mir bestimmt runtergefallen, als ich …« Sie brach ab. Die Seite mit den Hs war umgeknickt.

Langsam hob sie den Kopf und sah Sarah an.

»Du warst das«, flüsterte sie, »du hast meinen Vater angerufen. Weiß Mama das?«

Sarah nickte. »Ich dachte, dass …«, fing sie an.

»Nein!«, brüllte Livi und sprang vom Bett runter. »Du hast überhaupt nichts gedacht. Meine Eltern haben sich wahnsinnig gestritten und mein Vater hat meine Mutter fürchterlich beschimpft, bis sie geweint hat, und jetzt ist er zu Rosalie zurückgefahren und alles nur wegen dir. Du denkst immer, du wärst so schlau, was? Bist du aber überhaupt nicht! Du hast ja keine Ahnung! Ich hasse dich, Sarah Field, ich hasse dich!«

Sarah hätte am liebsten geweint. »Aber du hast immer gesagt, ich soll mir was einfallen lassen«, protestierte sie. »Und als du da gestürzt bist und ich dein Büchlein fand, schien das einfach eine geniale Idee.«

Livi ging drohend auf sie zu. »O ja, und du hast mir lieber gar nichts davon gesagt, nicht wahr? Du bist einfach vorgebrettert und hast gemacht, was dir einfiel, und hast dich einen Dreck drum gekümmert, was dann passierte! Du hast alles noch viel schlimmer gemacht!«

Sarah ging es jetzt gar nicht gut. Es stimmte, wenn Mr. Hunter jetzt für immer weggegangen war, dann würde Livis Mutter bestimmt ihre Krallen nach Paps ausstrecken. Und am allerschlimmsten war, dass Livi sich jetzt auch noch von ihr abwandte und alles in Scherben lag.

»Ich hab es doch nur gemacht, weil ich wollte, dass du wieder glücklich bist. Du wolltest immer deinen Vater sehen und da –«

Livi brach in Tränen aus. »Ja, aber ich wollte, dass er freiwillig kommt und nicht, weil ihn jemand durch Lügen dazu bringt. Wenn er mich wirklich lieb hätte, dann müsste man ihm das nicht erst sagen!«

Sie wandte sich ab, hielt die Hand vor den Mund und starrte wieder aus dem Fenster.

Sarah legte den Arm um sie. »Er hat dich lieb, ich weiß das, ehrlich. Ich bin dran schuld, dass alles schief gelaufen ist, aber ich mach es wieder gut, das verspreche ich dir.«

Livi schüttelte den Arm ab. »Tu das bloß nicht!«, fuhr sie Sarah an. »Du hast schon genug Schaden angerichtet.«

Sarah trat ein paar Schritte zurück.

»Es tut mir ja so Leid«, flüsterte sie.

»Es geht ja nicht nur um mich«, sagte Livi. »Meine Mutter war echt völlig durch den Wind, wo sie sich doch wegen deinem Vater solche Sorgen macht und ...«

Sie unterbrach sich und sah verwirrt aus.

Sarah war übel. Also wusste Livi es auch.

»Was ist mit meinem Vater?«, fuhr sie auf, während sich ihr der Magen umdrehte.

Livi wandte sich wieder ab.

»Nichts«, murmelte sie.

Sarah verlor jetzt die Beherrschung und fing an zu heulen. »Ja, ich bin genau wie du ganz wild darauf, dass dein Vater wieder zurückkommt, weil dann deine Mutter meinen Vater vielleicht endlich wieder in Ruhe lässt!«, brüllte sie.

»Wovon redest du da?«

»Deine Mutter«, brach es zwischen heftigen Schluchzern aus Sarah heraus, »hat ein Verhältnis mit meinem Vater!«

»Ach, sei doch nicht albern!«, widersprach Livi. »Meine Mutter tut so was nicht und außerdem ist sie viel zu sehr in meinen Vater verknallt – das hat sie mir schon tausendmal erzählt.«

Jetzt wurde Sarah zornig.

»Ach, ja?«, kreischte sie. »Und warum hält sie dann seine Hand und küsst ihn und sagt ihm, er soll meiner Mutter reinen Wein einschenken? Na, los, verrate es mir!«

Livi biss sich auf die Lippe und sah verwirrt aus.

»Ich weiß es nicht. Wahrscheinlich will sie nur nett zu ihm sein, bei dem ganzen Ärger mit seiner Firma und so.«

Sarah sah sie scharf an.

»Was meinst du damit?«

»Hör mal, ich soll darüber nicht reden, aber meine Mutter sagt, dein Vater hat großen Ärger im Geschäft und sie wird wahrscheinlich ihren Job verlieren.«

Sarah schwieg. Sie saß am Fußende von Livis Bett und dachte daran, wie Paps gesagt hatte, die Geschäfte gingen schlecht, und sie dachte an die unbezahlten Schulgelder und seine Weigerung, über die Ferien zu sprechen. Sie erinnerte sich an seinen Ausbruch wegen Mellys Partyplänen und dass er seit einiger Zeit so sorgenvoll und bekümmert aussah. Hatte sie vielleicht alles ganz falsch interpretiert? Aber sie blickte doch sonst immer voll durch. Tat sie das wirklich?

Sie schluckte und eine dicke Träne kullerte über ihre Wange.

Livi nahm ihre Hand.

»Komm schon. Meine Mutter hat gesagt, ich sollte nicht darüber reden, bis er es euch selbst gesagt hat – sie versucht schon seit Tagen, ihn dazu zu bringen.«

Sarah schüttelte den Kopf und wischte sich die Tränen ab.

»Ist schon gut. Ich bin froh, dass ich es weiß. Wenigstens kann ich jetzt was tun. Es muss doch eine Lösung geben.«

Livi hob die Augenbrauen in gespielter Verzweiflung. »Wenn es eine Lösung gibt, dann wird Sarah Field sie bestimmt finden.«

Sarah lächelte schwach.

»Wieder Freundinnen?«, sagte sie zaghaft.

»Freundinnen!«, versicherte Livi ihr umd umarmte sie ganz fest.

»Das hab ich gebraucht.« Sarah lächelte.

»Ich auch.«

Sarah war so erleichtert, dass sie wieder Freundinnen

waren, dass sie völlig vergaß, Livi zu fragen, wann und wie Luke ihr seine Liebe gestanden hatte.

Mrs. Hunter sagt die Wahrheit

»Mrs. Hunter, ich weiß über Papas Geschäft Bescheid«, sagte Sarah, als sie und Livi eine Packung Schokokekse am Küchentisch leer aßen.

Judy sah überrascht von dem wütenden kleinen Zwerg auf, den sie gerade anmalte.

»Ich dachte, er hätte noch gar nichts gesagt – heute Morgen, als ich ...«

Sarah schüttelte den Kopf.

»Nein, hat er auch nicht. Livi hat es mir gesagt.«

Judy wandte sich aufgebracht ihrer Tochter zu.

»Livi, du hast mir versprochen –«

»Es ist mir so rausgerutscht, entschuldige«, gestand Livi.

Mrs. Hunter sah sie wütend an.

»Es war nicht ihre Schuld«, beharrte Sarah. »Wissen Sie, ich dachte, Sie hätten heimlich ein Verhältnis mit meinem Vater, und Livi sagte, das wäre nicht wahr, und ...«

Judy ließ vor Erstaunen ihren Pinsel sinken.

»WAS hast du gedacht?«

Sarah holte tief Luft. »Als Sie Papa nach dem Unfall nach Hause brachten, haben Sie seine Hand gehalten und auf ihn eingeredet, er sollte es Mama sagen, und ich hatte schon mit angesehen, wie Sie ihn bei Hendersons geküsst hatten und mit ihm im Auto weggefahren waren und …« Zu ihrer allergrößten Peinlichkeit merkte Sarah, wie ihr die Tränen in die Augen stiegen.

Sie riss sich zusammen. »Na egal, jedenfalls hatte ich das dann vermutet.«

Mrs. Hunter sprang auf und nahm Sarah trotz ihres farbbeklecksten Kittels in die Arme.

»Ach, Sarah, ich finde das alles so schrecklich. Eigentlich hättest du mich doch genug kennen müssen, um zu wissen, dass ich so was nie machen würde.«

Sarah sah nicht sehr überzeugt aus.

»Hör mal, Schätzchen, dann will ich dir mal sagen, was los ist. Es gab keinen Unfall. Dein Vater hatte sein Auto von Hendersons geleast und konnte nicht mehr – also, er hatte Schwierigkeiten, die Leasing-Raten zu bezahlen, deshalb musste er das Auto wieder abgeben. Er musste es zum Autohaus zurückbringen und ich fuhr hinterher, um ihn nach Hause zu fahren.«

Sarah runzelte die Stirn.

»Aber Sie haben ihn geküsst.«

Mrs. Hunter lächelte schwach.

»Hab ich das? Na ja, wahrscheinlich hab ich ihm ein Trostküsschen gegeben – er war so schrecklich unglücklich über das Ganze, weißt du. Aber es war wirklich nur ein freundlicher kleiner Kuss auf die Wange. Nicht mehr.«

Sarah starrte sie an.

»Und dass ich ihn drängte, mit deiner Mutter zu reden – na klar, hab ich das gemacht. Sie muss es doch endlich erfahren – ihr alle müsst es endlich erfahren.«

»Wie schlimm ist es denn?«, flüsterte Sarah.

Judy seufzte.

»Es ist eigentlich nicht meine Aufgabe, dir das zu sagen, Schätzchen, wahrscheinlich hab ich sowieso schon viel zu viel geredet. Schließlich ist es nicht meine Angelegenheit. Sprich am besten mit deinem Vater darüber«, schlug sie vor.

Sarah sah ihr geradewegs in die Augen.

»Es ist nicht nur eine Kleinigkeit, nicht wahr?«

Mrs. Hunter holte tief Luft. »Nein, Sarah«, sagte sie. »Ich fürchte, es ist mehr als das.«

Sarah spielt die barmherzige Samariterin

Sarah lehnte Mrs. Hunters Angebot, sie nach Hause zu fahren, ab. Sie brauchte Zeit zum Nachdenken. Sie rief aus einer Telefonzelle bei Grant an und erfand eine Migräne und dann brauchte sie zehn Minuten, um ihm auszureden, dass er sie besuchen und gesundpflegen kam.

Während sie die Ecton Lane bis zum Crescent hinunterging, wirbelten die Gedanken durch ihren Kopf, bis sie nicht mehr klar denken konnte. Warum hatte Paps die Probleme im Geschäft nicht zu Hause erzählt? Warum hatte er mit dem Unfall gelogen? War alles so schlimm, dass er es nicht über sich brachte, darüber zu reden?

Sarah merkte, wie sich ein harter Knoten unten in

ihrem Magen bildete. Sie dachte an die vielen Male, wo ihre Mutter neue Kleider und Schuhe gekauft, über den Preis gekichert und dann die Rechnungen weggeworfen hatte. Sie erinnerte sich daran, wie Melly von Champagner und Diskos gesabbelt und wie müde und sorgenvoll ihr Vater ausgesehen hatte.

Und ihr fiel wieder ein, dass Granny Jay zu ihr gesagt hatte: »Ein reines Gesicht über einem schwarzen Herzen.« Hatte sie geahnt, dass etwas nicht stimmte?

Ich hätte es auch merken müssen, dachte Sarah. Schließlich bilde ich mir ja immer ein, ich wäre in solchen Dingen besonders gut. Aber sie hatte eben niemals damit gerechnet, vor der eigenen Tür auf Probleme zu stoßen – schlimme Sachen passierten doch immer nur anderen Leuten.

Aber nach dem, was Mrs. Hunter gesagt hatte, war klar, dass sie jetzt ein Problem hatten.

Und zwar ein großes. Jetzt musste Sarah ihren Vater dazu bringen, dass er ihnen die Wahrheit sagte und nichts als die Wahrheit. Und dann musste sie eben einen Weg finden, wie alles wieder auf die Reihe kam.

Als sie an der Grundschule um die Ecke bog, sah Sarah Ada. Sie war genauso angezogen wie das letzte Mal, nur dass jetzt statt der Feder eine leuchtend gelbe Osterglocke an ihrer Mütze steckte. Sie stützte sich mit den Ellenbogen auf die Mauer und hatte das Kinn auf die Hände gelegt.

»Hi, Ada«, sagte Sarah und tippte ihr leicht auf die Schulter.

Ada drehte sich blitzschnell um und sah sie erschrocken an. Und Sarah riss entsetzt den Mund auf.

Quer über Adas runzelige Stirn zog sich ein breiter Schnitt. Ein dünnes Blutrinnsal lief ihr über die Nase.

»Ada! Was ist passiert?«

»Eine kleine Meinungsverschiedenheit mit zwei Rüpeln, die der Meinung waren, ich dürfte nicht da sitzen, wo ich sitzen wollte«, erzählte Ada, wobei ihre Stimme kaum wahrnehmbar zitterte. »Es ist nichts – nur eine kleine Schramme.«

Sarah ergriff die Initiative.

»Sie kommen jetzt mit zu mir nach Hause«, sagte sie bestimmt, ergriff Adas Arm und führte sie über die Straße. »Sie brauchen ein Pflaster und eine Tasse heißen, süßen Tee.« (Sarah sah leidenschaftlich gern Ärzteserien im Fernsehen.) Zu Sarahs Überraschung hatte Ada nichts dagegen einzuwenden. Zu Hause saß Mr. Field in der Küche und addierte Zahlenreihen in einem roten Heft. Als Sarah durch die Hintertür hereingeplatzt kam, klappte er das Heft zusammen und sah wie ertappt aus.

»Paps, das ist Ada – sie wurde angegriffen«, sagte Sarah theatralisch. Mr. Field sah angemessen entsetzt aus.

»Aber liebe gnädige Frau«, sagte er, sprang auf und rückte einen Stuhl für Ada zurecht. »Was ist denn passiert?«

»Ihre Tochter neigt zu Übertreibungen.« Ada lächelte und erzählte, wie es zu ihrer Verletzung gekommen war. »Nicht viele Leute nennen mich eine gnädige Frau«, sagte sie leise.

»Meine Frau ist leider nicht da«, erklärte Sarahs Vater. »Granny Jay war wieder schwindlig«, fügte er, zu Sarah gewandt, hinzu.

Sarah runzelte die Stirn. Sie machte sich mittlerweile echt Sorgen um ihre Großmutter. Je eher die Garage umgebaut wurde und Granny Jay im Auge behalten werden konnte, desto besser.

»Sarah, lauf hoch und hol Pflaster und etwas, um die Wunde zu säubern«, wies ihr Vater sie an. »So, Mrs. …«

»Featherstone, Ada Featherstone«, sagte Ada und ergriff die dargereichte Hand.

»Tee, Mrs. Featherstone?«

»Wie freundlich von Ihnen. Haben Sie Earl Grey?«

Als Sarah mit dem gesamten Inhalt des Medizinschränkchens wieder in die Küche kam, fand sie ihren Vater und Ada bei einer Kanne Tee in eine lebhafte Unterhaltung vertieft, vor ihnen stand ein Teller mit Hafer-Rosinenkeksen, die ihre Mutter gewöhnlich für Pfarrerbesuche und die Mitglieder ihres Tennisvereins bereithielt.

»Das ist ja hochinteressant!« Mr. Field betrachtete aufmerkam Adas wettergegerbtes Gesicht.

Sarah reinigte den Schnitt auf Adas Stirn mit feuchten Wattetupfern und überlegte, ob sie nicht lieber Krankenschwester statt Kummerkastentante werden sollte.

»Mrs. Featherstone hat mir erzählt, dass ihr euch schon länger kennt«, sagte ihr Vater.

Ada grinste.

»Na klar«, sagte sie. »Ihre Tochter war so freundlich und brachte mir vor ein paar Tagen ein paar modische Accessoires.« Sie zwinkterte Sarah zu.

»Mrs. Featherstone ist so nett und lässt mich ein paar Fotos machen«, sagte Sarahs Vater. »Ich finde, sie ist ein ideales Modell für die Serie ›Gesichter unserer Zeit‹ in der *Sunday Times*.«

Sarah fiel auf, dass ihr Vater so lebhaft und interessiert schien wie schon seit Tagen nicht mehr. Vielleicht irrte Mrs. Hunter sich ja doch und alle Probleme hatten sich in der Zwischenzeit in Luft aufgelöst.

»Also, wenn ich Sie dann bitten dürfte – morgen, so gegen zwei Uhr?«, fragte Mr. Field höflich. »Unten am Kanal würde ich sagen, in der Nähe der Schleusentore? Dann müsste das Licht eigentlich sehr gut sein.«

»Ich werde kommen«, versprach Ada.

»Sie müssen nicht gehen«, erklärte Sarah. »Sie können im Gästezimmer schlafen.«

Ada schüttelte den Kopf.

»Danke schön, aber es geht nicht. Ich bin mit einer Freundin zu einem Imbiss und einer kleinen Plauderei verabredet.« Es hörte sich an, als würde sie im Ritz dinieren. »Ich kann sie jetzt nicht einfach versetzen.«

Ada drehte sich zu Sarahs Vater um.

»Dann bis morgen«, sagte sie.

»Wunderbar«, erwiderte Sarahs Vater. »Ich werde mich dafür auch erkenntlich zeigen.«

Ada richtete sich zu ihrer vollen Höhe auf und schüttelte den Kopf.

»O nein«, sagte sie ernst. »Was ich tue, tue ich, weil ich es will. Aus keinem anderen Grund. Aber …« Sie zögerte.

»Ja?«, murmelte Mr. Field.

»Eine Ausgabe der Tageszeitung wäre mir sehr willkommen. Mit einem ungelösten Kreuzworträtsel. Und ich bin eine große Liebhaberin von Bananen.«

Mr. Field grinste und Sarah fiel auf, dass es sehr lange her war, dass ihr Vater zum letzten Mal so fröhlich aussah. »Selbstverständlich«, sagte er. »Ich werde mir das merken.«

Sarah redet Fraktur

»Was für eine interessante Frau!«, sagte Mr. Field, nachdem Ada gegangen war. »Dieses Gesicht ist so – ausdrucksvoll, sie ist bestimmt ein wundervolles Modell. Mit ein wenig Gegenlicht …«

»Du hättest darauf bestehen sollen, dass sie hier übernachtet«, sagte Sarah vorwurfsvoll. »Wahrscheinlich pennt sie in irgendeiner modrigen Scheune.«

Mr. Field schüttelte den Kopf. »Ich glaube nicht, dass sie das gewollt hätte. Sie ist eine Frau, die ihre Unabhängigkeit schätzt. Das muss man respektieren. Und außerdem glaube ich kaum, dass deine Mutter sie gern als Gast des Hauses begrüßen würde.«

Bei der Erwähnung ihrer Mutter spürte Sarah wieder den Knoten in ihrem Magen.

»Paps?«

»Ja?«

»Warum hast du uns nicht von deinen geschäftlichen Schwierigkeiten erzählt?«

Ihr Vater sog scharf die Luft ein, blieb mitten auf dem Weg zur Tür stehen und drehte sich zu ihr um.

»Wer hat dir das gesagt?«, fragte er wütend. »Es gibt keine Schwierigkeiten – nur eine kleine Krise, ausstehende Rechnungen, nichts, das –«

»PAPS!«, brüllte Sarah. »Ich bin's. Sarah. Deine Tochter. Lüg mich nicht an. Sag mir, es ginge mich nichts an. Sag mir, dass ich nichts davon verstehe, wenn du das musst. Aber bitte, bitte lüg mich nicht an.«

Ihr Vater schloss die Augen und schluckte.

»Es tut mir Leid, Schätzchen«, sagte er leise. »Wer hat dir davon erzählt?«

»Mrs. Hunter.« Ihr Vater wollte etwas sagen. »Und bevor du jetzt was sagst – sie hat es nur gemacht, weil ich Livi gestanden habe, ich hätte Angst, dass ihre Mutter und du ein Verhältnis habt.«

Mr. Field sah sie ungläubig an.

»Was?«

»Ich habe gesehen, wie sie deine Hand hielt, und dann hat sie zu dir gesagt, du müsstest jetzt endlich darüber reden, und da dachte ich ...«

Mr. Field legte eine Hand auf Sarahs Schulter.

»Oh, Sarah, Sarah. Nichts läge mir ferner als das. Judy war mir eine große Stütze – aber ein Verhältnis? Niemals. Ehrlich!« Seine Stimme klang bittend.

»Ich glaub dir ja. Aber warum hast du uns nichts von deinen geschäftlichen Schwierigkeiten erzählt?«

»Oh, ich würde es nicht unbedingt Schwierigkeiten nennen.« Ihr Vater wickelte ein Bonbon aus und steckte es sich in den Mund.

»PAPS! Immer ehrlich, denk dran! Judy sagte, der Jag musste wieder zurück an die Leasing-Firma.«

Leo saß da und biss sich auf die Lippe. »Ach«, sagte er.

»Und wir wissen alle, dass du die Schulgelder nicht bezahlt hast – wir haben deswegen einen Brief gekriegt. Melly hat sich ziemlich aufgeregt.«

Ihr Vater ließ die Schultern hängen und plötzlich wirkte er kleiner und älter. »Aha. Tja, dann werde ich wohl am Montag in die Schule gehen und das klären müssen. Falls es geht«, fügte er kaum hörbar hinzu.

Sarah sah erschreckt aus.

»Es wird doch alles wieder gut, Paps, nicht wahr?«

Ihr Vater straffte seine Schultern, legte einen Arm um ihre Taille und zog sie an sich.

»Klar, mein Schätzchen«, versicherte er ihr. »Momentan klappt alles nicht so recht, deshalb musste ich das Auto zurückgeben, aber ich hab noch ein paar Trümpfe im Ärmel und mit ein bisschen Glück krieg ich das alles wieder hin. Mach du dir deshalb nur keinen Kummer.«

»Wirst du es Mami und Melly heute Abend sagen? Ja?«

»Nein«, sagte ihr Vater so entschlossen, dass Sarah nicht zu widersprechen wagte. »Am Samstag ist Mellys Party und wir wollen richtig schön feiern. Das wenigstens schulde ich ihr.«

»Aber …«

»Versprich mir, dass du gegenüber deiner Mutter und Melly über dieses Gespräch Stillschweigen bewahrst! Nächsten Sonntag nach der Party erzähle ich euch alles – aber bis dahin wird sich hoffentlich alles geklärt haben und die Dinge laufen wieder wie früher. Warum sollen wir sie beunruhigen, wenn es vielleicht gar nicht nötig ist, hm? Wir warten erst mal ab, ja?«

»Okay«, sagte Sarah zögernd.

»Nun sieh doch nicht so kummervoll aus«, redete ihr Vater ihr gut zu. »Es wird alles wieder gut, du wirst schon sehen.«

Sarah begriff, dass er sie beruhigen wollte. Aber irgendwie funktionierte es nicht.

Sarah verliebt sich

Erst als Sarah am Montagmorgen den Inhalt ihrer Schultasche in den Spind packte, fiel ihr wieder ein, dass sie Ausschau nach der neuen Schülerin Tasha Reilly halten sollte. Sie hatte das völlig vergessen, denn sie war während des Frühstücks mit den Sorgen um ihren Vater beschäftigt gewesen und dem Drang, alles ihrer Mutter zu erzählen, doch die wollte von ihr lediglich wissen, was für ein Kleid sie sich zu Melissas Party kaufen sollte.

Sarah sah sich suchend auf dem Schulhof nach einer um, die aussah, als würde sie sich hier nicht auskennen. Da tippte ihr jemand auf die Schulter.

»Kannst du mir sagen, wo Luke Cunningham rumhängt?»

Sarah sah sich um. Und glotzte. Hinter ihr stand der absolut bestaussehende Jüngling, den sie je zu Gesicht bekommen hatte, mit strahlend blauen Augen und einer Haut so braun wie Milchkaffee. Sein dunkles gewelltes Haar schrie direkt danach, dass man darüber streichelte.

Er grinste Sarah an und sie sah völlig gebannt in sein Gesicht; alle Sorgen der letzten Minuten waren verschwunden und sie wurde nur noch von einem einzigen Gedanken beherrscht: Egal, um wen es sich bei diesem Wunderknaben handelte, sie würde ihn nicht mehr aus den Augen lassen.

»Luke Cunningham«, wiederholte er, als Sarah dastand wie vom Donner gerührt. Da sagte sie hastig: »Der geht in meinen Jahrgang – ich bring dich zu ihm. Ich heiße Sarah Field«, fügte sie hinzu.

»Adam Reilly«, sagte die Lichtgestalt. »Das ist mein erster Schultag hier – wir sind gerade erst nach Leehampton gezogen.«

»Oh, dann ist das ja deine Schwester, um die ich mich kümmern soll. Ist sie hier irgendwo?«

»Da drüben, sie redet mit dem blonden Mädchen.«

Sarah sah in die angegebene Richtung, wo Livi sich mit einem kleinen dunkelhäutigen Mädchen unterhielt. Das Mädchen hatte einen schwarzen Lockenschopf und wirkte ziemlich besorgt. Sarah sah wieder Adam an und fand, dass er wirklich wunderschöne Augen hatte.

»Ich glaube, sie hat ein bisschen Schiss vor dem ersten Tag hier«, sagte Adam. »Hier ist es so ganz anders als da, wo wir bisher wohnten.«

»Ich werde mich schon um sie kümmern«, beruhigte Sarah ihn. »Da wird sie sich bald eingewöhnen.«

»Bestimmt.« Adam grinste sie an und Sarah lief es eiskalt das Rückgrat runter. »Danke«, sagte er noch.

In diesem Augenblick kam Luke angeflitzt, mit verstrubbelten Haaren und schief sitzender Brille.

Er lächelte Sarah an. »Hi«, sagte er und grinste wieder.

»Hi, Luke. Das hier ist Adam – du sollst dich um ihn kümmern.«

»Ach ja, stimmt ja, ich hab mich etwas verspätet«, sagte Luke. »Komm, wir gehen wohl am besten mal zum Sekretariat, damit du angemeldet wirst.«

»Vielen Dank für deine Hilfe, Sarah«, sagte Adam mit einem Lächeln, das auf Sarahs Herz eine widersprüchliche dramatische Wirkung hatte: Ihr Herz raste und gleichzeitig stand es still. »Bis später?«

»O ja.« Sarah atmete tief ein. Worauf du wetten kannst, dachte sie bei sich.

»Dein Bruder ist ziemlich nett, oder?«, fragte Sarah wie nebenbei, als sie Tasha zum Sekretariat führte.

»Er ist ganz okay«, sagte Tasha unverbindlich.

»Hat er eine Freundin?«

Tasha lächelte schüchtern.

»Nicht eine.«

Sarahs Herz machte einen Satz.

»Dutzende.« Tasha kicherte.

Sarahs Herz plumpste tief runter.

»Aber er musste sie alle dalassen, als wir wegzogen.«

Sarahs Herz erholte sich wieder.

»Warum?«, fragte Tasha. »Stehst du auf ihn?«

»Hier ist das Sekretariat«, sagte Sarah und vermied geschickt eine Antwort. Noch nie in ihrem Leben hatte sie so etwas gefühlt. Aber wenn eine trockene Kehle, ein rasendes Herz, Wabbelknie und ein total leeres Hirn außer der Erinnerung an dieses Wahnsinnslächeln und die zweifellos zum Küssen einladenden Lippen ein Zeichen dafür waren, dass man auf jemanden stand, dann tat sie das wahrscheinlich.

In einer besonders langweiligen Erdkundestunde, während der sich Miss Plover irrsinnig über ein Video aufregte, in dem die Auswirkungen des sauren Regens gezeigt wurden, und Sarah schon der Nacken wehtat, weil sie sich dauernd den Hals verrenkte, um auf die Wandkarte mit dem Himalaja zu gucken und gleichzeitig einen Blick auf Adam zu erhaschen, klapperte Livi mit dem Lineal, weil sie Sarahs Aufmerksamkeit erregen wollte, und schob ihr ein Briefchen zu.

Ist Adam nicht unheimlich süß? Als ich ihn sah, wusste ich gleich: du hattest Recht, Ben war nie der Richtige für mich. Der Richtige ist Adam. Und ich glaube, er mag mich, er kuckt immer her und lächelt.
Du musst mir unbedingt sagen, wie ich ihn dazu kriege, dass er sich mit mir verabredet. Ich verlass mich auf dich – du hast immer so tolle Einfälle.
Deine verliebte Livi

Sarah knäulte den Zettel zusammen und warf ihn in ihre Mappe. Auf keinen Fall würde sie Livi dabei helfen, sich Adam zu angeln. Der arme Luke, wie würde er sich dann fühlen? Livi konnte ihn doch nicht einfach so sitzen lassen. Und außerdem passte Livi gar nicht zu Adam. Sarah fand, zu ihm passte eine energische, selbstbewusste Freundin, eine, die den Mut hatte, ihre Meinung zu sagen, und die erfolgreich im Organisieren war. Eine, die so war wie – Sarah.

Nach dem Mittagessen erhielt Tasha von Miss Smith eine Orientierungsstunde, in der ihr mitgeteilt wurde, was sie nicht tun durfte und wann sie das nicht tun durfte. Währenddessen lauerte Livi Sarah vor dem Garderobenraum auf.

»Also, was soll ich tun?« Sie warf die Haare zurück.

»Was meinst du?«

»Na, wegen Adam natürlich. Er ist einfach hinreißend. Was muss ich tun, damit er mich mal einlädt?«

»Nichts«, sagte Sarah nachdrücklich.

»Wie meinst du das: nichts?«

»Weißt du nicht mehr, was ich dir gesagt habe? Du musst dich zurückhalten und geheimnisvoll sein – lass ihn glauben, er muss sich deine Aufmerksamkeit erkämpfen. Es ist nie gut, wenn man Jungen nachläuft, das vertreibt sie garantiert.«

»Denkst du das wirklich?«, fragte Livi zweifelnd.

»Vertrau mir.«

Und als Sarah auch nur den Hauch von Gewissensbissen spürte, redete sie sich ein, dass ja alles nur zu Livis Bestem war. Sie sollte bei Luke bleiben. Und sollte Adam Sarah überlassen.

Sarah legt einen Köder aus

Während der nächsten Woche tat Sarah alles, um Adams Aufmerksamkeit auf sich zu lenken. Sie gewöhnte sich an, eine halbe Stunde früher aufzustehen, um ihre Haare zu waschen und mit höchster Präzision Eyeliner aufzutragen. Sie kriegte raus, dass Adam sich um die Aufnahme ins Squashteam bewarb, und blieb nach der Schule noch da und sah ihm beim Training zu. Mittags sorgte sie dafür, dass Tasha und sie am gleichen Tisch wie Adam aßen, und als Erklärung führte sie an, dass Luke und Livi ihr Duett für das Schulfest üben mussten und Adam sich in der Zeit nicht verlassen fühlen sollte.

Am Freitag begann sie sich langsam Sorgen zu machen. Adam war sehr nett und gesprächig, aber er hatte sich noch nicht mit ihr verabredet, und wenn sie ehrlich war, dann war er zu ihr genauso nett wie zu allen anderen. Wenn sie versuchte wahnsinnig geistreich zu sein, dann lachte Luke am lautesten über ihre Witze, und wenn sie bemerkte, dass sie ihr Essensgeld im Spind vergessen hatte, dann sprang Luke auf, um es zu holen. Adam aß einfach weiter.

»Wo geht denn in Leehampton so richtig was ab, hm?«, fragte Adam, als sie auf den Schulbus warteten.

»Am nettesten ist es im *Stomping Ground*«, sagte Livi. »Ich nehme dich mal an einem Abend mit, wenn du möchtest.«

Sarah sah sie wütend an und hob die Augenbrauen. So was wollte zurückhaltend und geheimnisvoll sein!

»Super!«, sagte Adam. »Wie wär's mit morgen Abend?«

»Geht nicht«, sagte Livi bedauernd. »Da ist Melissas – das ist Sarahs Schwester – große Party. Sie wird achtzehn.«

Sarah lächelte so bezaubernd, wie sie nur konnte. »Wozu ihr ebenfalls eingeladen seid – du auch, Luke.«

»Mega!« Luke strahlte über alle vier Backen.

»Nein«, sagte Tasha. »Aber trotzdem vielen Dank.«

»Wie bitte?«, sagte Sarah.

»Ich mag Partys nicht besonders«, sagte Tasha schüchtern.

»Ach, die wirst du mögen«, versicherte ihr Sarah. Sie wollte doch nicht riskieren, dass Adam jetzt wegen seiner Schwester auch nicht kam.

Tasha sah immer noch zweifelnd drein.

»Na, komm schon, Tasha, gib dir 'nen Ruck«, sagte Adam. »Ich bin ja auch da und Sarah und Livi kennst du doch.«

Sarah hielt die Luft an.

»Na gut«, sagte Tasha.

»Klasse«, sagte ihr Bruder. »Da können wir doch endlich mal ein paar neue Leute kennen lernen.«

Die neuen Leute können mich mal, dachte Sarah. Ich will nur ganz sicher gehen, dass du mich kennen lernst. Richtig gut.

Partyvorbereitungen

Am Morgen von Mellys Geburtstag versammelten sich alle um den Frühstückstisch.

»Alles Gute zum Geburtstag, Mellyschatz!« Mrs. Field umarmte ihre Tochter und gab ihr als Geschenk eine exquisit eingewickelte Schachtel, die mit einer gold- und silberfarbenen Schleife verziert war.

Es handelte sich um das neueste Modell einer Kamera mit eingebautem Zoom und idiotensicherer Belichtungsautomatik.

»Das ist ja Wahnsinn, Mami!« Melly riss die Augen auf. »Die hat doch bestimmt ein Vermögen gekostet.«

Mrs. Field freute sich.

»Sie wurde in der Foto-Fachzeitung deines Vaters empfohlen. Und ich wollte, dass du das Allerbeste bekommst.«

Mr. Field sah aus, als wäre ihm etwas übel.

»Und das ist von mir«, sagte Sarah. Melly riss das Geschenkpapier ab und fand einen von Hand marmorierten Einband für eine Loseblattsammlung, auf dem in goldenen Buchstaben »Reisetagebuch« stand, und dazu noch einen winzigen goldenen Kugelschreiber.

»Damit du alles aufschreiben kannst, was du erlebst, und dann einen Reise-Bestseller daraus machst«, erklärte Sarah.

Melissa bedankte sich stürmisch. »Das ist ja super, Sarah, danke!«

Mrs. Field blätterte anerkennend in dem Buch.

»Was für eine reizende Idee – nicht wahr, Leo?«

Sarahs Vater rang sich ein Lächeln ab.

»Und das«, Granny Jay angelte in ihrer großen Handtasche nach etwas, »ist eine winzige Kleinigkeit von mir.«

»Gran!«, hauchte Melly. »Das war doch nicht nötig.«

In einer kleinen mit Samt ausgeschlagenen Schatulle lag ein Paar Perlenohrringe.

»Meine Mutter schenkte sie mir zum einundzwanzigsten Geburtstag«, erläuterte Granny Jay. »Pass gut auf sie auf – die sind ganz schön wertvoll.«

»Bestimmt, Gran, ganz bestimmt«, sagte Melissa und umarmte ihre Großmutter. »Sie sind wunderschön.«

»Jetzt gib ihr die Fahrkarte, Leo, mein Herz«, drängte Mrs. Field ungeduldig.

»Äh, hm«, Mr. Field betrachtete aufmerksam das Gänseblümchenmuster auf der Tischdecke. »Da hat es leider ein kleines Problem gegeben.«

Melly sah aus, als ob ihr alle Felle davongeschwommen wären.

»Die haben im Reisebüro mal wieder geschlampt«, sagte er schnell. »Typisch, nicht wahr? Aber du fährst ja auch heute noch nicht los, oder?«

Melly verzog den Mund.

»Aber ich krieg es doch bald, ja?«

Leo machte ein Geräusch, als ob er husten müsste, und sprang vom Tisch auf.

»Also, ich geh dann jetzt und mach das mit diesen Fackeln entlang der Auffahrt für heute Abend.« Damit verschwand er aus der Küche.

Sarah drehte sich vor dem Spiegel. Sie trug ein blutrotes Kleid mit Spagetti-Trägern und die schwarzen Lackleder-pantöffelchen, von denen die Jugendillustrierte *Kreisch!* behauptet hatte, sie wären das absolute Muss für die Füße in diesem Jahrzehnt. Sie hatte die Haare zu einem Pariser Zopf geflochten und Stunden mit dem Schminken ihrer Augen zugebracht, bis sie diesen schwülen, aber züchtigen Blick bekamen. Sie war höchst zufrieden mit dem Ergebnis.

In diesem Augenblick klingelte es und sie hörte, wie Melissa die ersten Gäste begrüßte. Sarah warf ihrem Spiegelbild einen Kuss zu, holte tief Luft und bereitete sich darauf vor, Adam im Sturm zu erobern.

Das erwies sich als weitaus schwieriger, als Sarah gedacht hatte. Adam verbrachte übertrieben viel Zeit mit Livi und unbegreiflicherweise schien das Luke überhaupt nichts auszumachen. Er forderte Sarah zum Tanzen auf und sah nicht ein einziges Mal zu Livi hin, sondern redete lebhafter, als es Sarah jemals bei ihm für möglich gehalten hätte.

»Du siehst einfach super aus«, keuchte er und zog sie näher an sich.

»Danke.« Sarah sah aus den Augenwinkeln, wie Adam und Livi aufstanden, um ebenfalls zu tanzen.

»Ich finde dich echt gut, weißt du«, sagte Luke.

»Mmmm«, machte Sarah und fand, dass Livi sich nicht so dicht an Adam anzuschmiegen brauchte.

»Ehrlich? In echt?«, fragte Luke.

»Wie bitte? Oh, ja, ja«, sagte Sarah und fragte sich, wovon um alles in der Welt er laberte.

Als Sarah sah, wie Adam zärtlich ein Haar aus Livis linkem Auge pustete und ihre Stirn streichelte, fürchtete sie, vor lauter Eifersucht zu explodieren. Was bildete Livi sich eigentlich ein? Sie hatte doch schon einen Freund!

Adam beugte sich zu Livi und war gefährlich nahe dran, sie auf die Lippen zu küssen, als Mrs. Field alle Lampen anknipste und mit der riesigen Geburtstagstorte ins Zimmer kam. »Jetzt wird Melly ihren Kuchen anschneiden«, kündigte sie an. Melly – flankiert von Jake und Nathan, die beide so taten, als wäre der andere nicht da – quietschte beim Anblick der Torte vor Freude. Mit Zuckerguss war eine Karte von Großbritannien auf der einen Seite aufgespritzt und auf der anderen eine von Australien. Dazwischen standen die Worte:

EINEN SCHÖNEN GEBURTSTAG
UND EINE SCHÖNE REISE
FÜR MELISSA ANNABEL JANE

Alle standen im Kreis um die Torte herum und machten »ohhh« und »ahhh« und sagten Sachen wie »Du hast ja so ein Glück, Melly!«, »Nein, wie toll! Eine Reise nach Australien!« und »Ich wünschte, meine Eltern wären auch so cool!« und »Wünsch dir was!« und Melly schnitt die Torte an und alle sangen »Happy Birthday to You« und applaudierten. Nathan riss Melissa in einer leidenschaftlichen Umarmung an sich, dann drückte Jake sie an seine Brust und gab ihr einen Kuss auf die Nase. Nur weil

Sarah das Zimmer nach Livi und Adam absuchte, merkte sie, dass ihr Vater schweigend durch die Tür des Wintergartens verschwand. Er sah nicht aus wie jemand, der eine rauschende Party feierte. Er sah aus wie jemand, der alle Sorgen dieser Welt auf seinen Schultern trug.

Einerseits weil sie sauer auf Livi war und andererseits weil sie etwas tun wollte, um diesen lästigen Knoten in der Magengrube loszuwerden, der sie neuerdings immer quälte, wenn sie an ihren Vater dachte, schlängelte sich Sarah durch die umstehenden Gäste zu Adam, ergriff spielerisch seinen Arm und zog ihn zur Tanzfläche.

»Na, komm, wollen mal sehen, wie du tanzt!«, neckte sie ihn. Die nächsten fünfzehn Minuten tanzten sie und redeten über alles und jedes. Adam erzählte Sarah, dass er und Tasha großes Heimweh nach Singapur hätten, wo sie seit ihrer Geburt gelebt hatten, und wie sehr Tasha die Kälte hasste und er die Nässe und wie schwer es war, alle Freunde zurückzulassen. Je mehr er redete, desto enger tanzten sie zusammen und gerade, als Adam anfing sehr aufregende Dinge mit Sarahs Ohrläppchen anzustellen, zog er sich auf einmal zurück und sah ganz schuldbewusst aus.

»Wir sollten das lieber nicht tun«, sagte er.

»Warum?« Sarah griff nach seinen Händen und tanzte weiter.

»Na ja, Luke ist echt ein dufter Kumpel, und wo du doch seine Freundin bist und so –«

Sarah brüllte vor Lachen und schüttelte dann den Kopf.

»Was für ein Quatsch!«, sagte sie. »Luke und Livi gehen doch miteinander, nicht –«

Adam starrte sie aus weit aufgerissenen Augen an.

»Aber Livi hat mir erzählt, dass Luke total verknallt in dich ist und dass sie euch beide zusammengebracht hat!«

»*Was* hat sie gesagt?« Sarah konnte nicht glauben, was sie da gehört hatte.

Adam sah verlegen aus.

»Neulich hab ich mal zu Livi gesagt, dass ich dich unheimlich nett fände ...«

»Ehrlich?«, hauchte Sarah.

»... und sie sagte, Pech für mich, weil du schon vergeben wärst. Also habe ich mich von dir fern gehalten«, knurrte er.

»Aber das ist ja lächerlich!«, protestierte Sarah. »Ich war es doch, die Luke und Livi zusammengebracht hat.«

»Hä?« Adam sah sie verdattert an. »Aber Luke redet doch dauernd davon, wie toll er dich findet.«

»Na, das ist ja ein dickes Ei! Bitte entschuldige mich einen Moment – geh und tanz mit deiner Schwester«, befahl Sarah und zeigte in die Zimmerecke, wo Tasha saß und ziemlich verlassen aussah.

»Ich bin gleich wieder da.«

»Wenn das deine Vorstellung von Rache ist, dann finde ich das ziemlich billig!«, schrie Sarah.

Sie hatte Livi von der Party weg nach oben in ihr Zimmer geschleift.

»Wovon redest du denn?«, fragte Livi.

»Dass du Adam erzählt hast, Luke und ich gingen miteinander. Nur weil du plötzlich Luke los sein und dir Adam krallen willst, brauchst du dir noch lange keine komischen Geschichten auszudenken, dass er und ich was miteinander hätten.«

»Was soll das heißen, dass ich Luke los sein will? Ich bin nie mit Luke gegangen, wieso sollte ich also ...«

»Erzähl mir nicht solch einen Quatsch!«, wütete Sarah. »Ich habe euch gesehen, wie ihr die Köpfe zusammengesteckt habt, und dann, als ihr euch an diesem Samstag damals verabredet hattet und du mich als moralischen Beistand wolltest ...«

Livi glotzte Sarah an. »Luke hatte mich darum gebeten, damit er dich treffen konnte – dann sollte ich verschwinden und einkaufen gehen, und er wollte dich ins Kino einladen oder irgend so was.« Sie seufzte. »Aber dann bin ich gestürzt und alles lief schief.«

Sarah runzelte die Stirn.

»Willst du damit sagen, dass du mich dorthin gelockt hast? Wie kannst du es wagen, dich in mein Leben einzumischen!«

»Na, das klingt ja reizend aus deinem Mund!« Livi lachte zornig. »Was machst du denn die ganze Zeit?«

»Das ist was anderes. Ich meine, ich hatte genau geplant, wie du und Luke zusammenkommen würdet, dann hättest du diesen Mistkerl Ben vergessen und wärst wieder glücklich gewesen. Luke ist genau der Richtige für dich, Livi.«

Livi sah sie wütend an.

»Nein, überhaupt nicht! Bloß, weil du das für eine gute Idee hältst, heißt das noch lange nicht, dass es auch so funktioniert. Ich bin nicht in Luke verknallt und Luke nicht in mich. Luke ist total in dich verknallt. Punktum.«

»Und du bist in Adam verknallt?« Sarah schlug das Herz bis zum Hals.

»Ja, stimmt genau«, bestätigte Livi.

»Dann solltest du dich mal zurückhalten!«, befahl Sarah.

»O ja«, sagte Livi spöttisch. »So, wie du das den ganzen Abend über getan hast? Damit du es weißt, diesmal mache ich, was ich will. Und wenn du jetzt mit deinem Sermon fertig bist, würde ich gern zur Party zurückgehen.«

Sarah sah ihr verdutzt nach. Livi machte doch sonst immer, was Sarah sagte. So lief das schon seit Jahren. Was hatte sie denn auf einmal gebissen?

Als Sarah die Treppe runterging, bemerkte sie, dass die Tür zum Arbeitszimmer ihres Vaters einen Spaltbreit aufstand. Dort im Dunkeln, den Kopf in die Hände gestützt, saß ihr Vater.

»Paps?«, fragte sie leise. »Kommst du nicht runter und feierst mit?«

»Gleich, Schätzchen«, sagte ihr Vater schnell. »Ich mach nur mal 'ne Pause.« Er stand auf und Sarah sah mit Entsetzen eine einzelne Träne auf seiner Wange glitzern.

Da wurde Sarah klar, dass es größere Probleme für sie gab als die Frage, ob sie Adam Reilly anbaggern konnte oder nicht.

Die Stunde der Wahrheit

»Ich muss mit euch reden.« Es war Samstagmorgen. Mr. Field stand in der offenen Tür und holte tief Luft.

»Worüber denn?«, fragte Mrs. Field und stopfte den Partymüll in einen schwarzen Plastiksack. »Ich sollte mich eigentlich langsam ums Mittagessen kümmern.«

»Dauert das länger?«, fragte Melissa. »Ich wollte mich um eins mit Jake treffen.«

Sarah war schwummerig. Jetzt ging's los.

Granny Jay nahm Sarahs Hand in ihre. Also weiß sie was, dachte Sarah.

Leo stützte sich mit beiden Händen auf den Küchentisch und sah alle der Reihe nach an. »Ich hätte euch das schon eher sagen sollen«, fing er an. »Ich war dumm.«

Vier Gesichter sahen ihn erwartungsvoll an.

»Das Geschäft – *FieldFare* – gibt es nicht mehr«, sagte er mit einem Zittern in der Stimme.

Mrs. Field riss die Augen auf. »Was meinst du mit ›gibt es nicht mehr‹?«, flüsterte sie.

»Genau das«, sagte Leo mit Nachdruck. »Die Konkursverwalter kommen morgen ins Büro.«

Für einen winzigen Augenblick herrschte absolutes Schweigen im Raum. Die Standuhr, die Mrs. Field bei ihrem letzten Streifzug durch die Nobelläden gekauft hatte, tickte gnadenlos. Vom Wasserhahn tropfte es gleichmäßig ins Spülbecken. Irgendwo in der Ferne bellte ein Hund und ein Kind heulte. Niemand rührte sich.

Dann begann Mrs. Field zu weinen.

»Nein! Nein!«, schrie sie, presste die Hände gegen ihre Schläfen und schien sich kaum noch aufrecht halten zu können. Mr. Field nahm ihre Hand. Sie riss sie weg.

»Also deshalb hast du das Schulgeld nicht bezahlt!«, brüllte Melissa, sprang von ihrem Stuhl hoch und näherte sich drohend ihrem Vater. »Paps, wie konntest du uns das antun?«

»Es ist nicht Paps' Schuld!«, schrie Sarah, die zwar nicht genau wusste, wessen Schuld es war, die aber den Schmerz im Gesicht ihres Vaters nicht ertrug.

»Mein lieber Leo, das tut mir aber schrecklich Leid für dich«, sagte Granny Jay liebevoll. »Was muss jetzt getan werden?«

Sarahs Vater holte tief Luft.

»Wir müssen das Haus verkaufen«, sagte er. Alle starrten ihn fassungslos an.

»Nein«, flüsterte Mrs. Field und schüttelte ungläubig ihren Kopf. »Nein. Nein. NEIN!« Ihre Stimme stieg an bis zum Crescendo und dann schrie sie wieder »Nein!« und trommelte mit den Fäusten gegen die Brust ihres Mannes. »Ich werde dieses Haus nicht verlassen, nicht wegen dir, wegen niemandem! Ich gehe nicht!«

»Celia – setz dich und halt den Mund!« Granny Jay streckte sich zu ihren vollen ein Meter fünfundfünfzig, ergriff den Arm ihrer Tochter und drückte sie wieder zurück auf ihren Stuhl. »Lass Leo ausreden und hör mit dem Theater auf!«

Mrs. Field schwieg.

»Es ist alles meine Schuld«, gab Sarahs Vater zu. »Ich

war dumm genug, dieses Haus als Sicherheit gegen den Kredit von der Bank zu geben. Ich kann der Bank das Geld nicht zurückzahlen und die Bank hat den Kredit gekündigt. Das Haus gehört jetzt ihr. Und der Jag«, er atmete tief ein, »da habe ich dich angelogen – es gab keinen Unfall. Er wurde von der Leasing-Firma beschlagnahmt und ich hab mich zu sehr geschämt, um das zuzugeben.«

Granny Jay berührte liebevoll seine Hand.

»Und Melly«, er wandte sich an seine älteste Tochter. »Ich bedaure, aber wir können diese Weltreise nicht bezahlen.«

Melissas Augen wurden groß.

»Aber du hast es versprochen!« Sie hob die Hand zum Mund. »Alle meine Freunde haben es gehört – gestern Abend bei der Torte –, ich hab doch schon den Rucksack. Du musst mir das Flugticket geben.«

Leo seufzte. »Es tut mir schrecklich Leid, meine Süße, aber es geht nicht.«

Melissa starrte ihn an, alle Farbe war aus ihrem Gesicht gewichen. Dann fing sie an zu weinen.

»Ich hasse dich!«, brüllte sie ihren Vater an. »Du hast alles kaputtgemacht! Wie stehe ich jetzt vor meinen Freunden da? Wie konntest du mir das antun? Was werden die Leute jetzt von uns denken? ICH HASSE DICH!«

»Melly!«, Sarah sah sie entsetzt an. »Hör auf!«

Aber Melissa stürmte aus der Küche. Sekunden später hörten sie ihre Zimmertür zuknallen.

»Mein Haus«, murmelte Mrs. Field, ihre Schultern zuckten. »Mein schönes, schönes Haus!« Sie sah Leo an. »Und was werden sie bloß im Klub dazu sagen?« Sie hob eine Hand ans Gesicht. »Wir können uns den Klub doch noch leisten, oder?«

Leo zuckte die Achseln.

»Das ist ja wohl deine geringste Sorge«, sagte Granny Jay kurz angebunden. »Diese aufgeblasenen Deppen.« Granny machte sich nicht viel aus Freizeitvergnügen.

»Und was ist mit Mutter?«, fuhr Mrs. Field fort und sah Leo anklagend an. »Du hast versprochen, die Garage umzubauen.«

Mr. Field schüttelte den Kopf.

»Nein, Celia, mein Herz«, sagte er. »Du hast das versprochen. Es tut mir so Leid, Beryl«, fügte er, um Verzeihung bittend, hinzu.

Granny Jay schob das mit einer Handbewegung weg.

»Da sind schon schlimmere Dinge in den Brunnen gefallen«, sagte sie philosophisch. »Ich war mir auch noch gar nicht sicher, ob ich den Gedanken wirklich so gut fand.«

Sarah sah aus dem Fenster. Es war wie in einem Alptraum und sie hoffte immer noch, dass sie plötzlich aufwachen und alles so vorfinden würde, wie es immer war.

»Was wird mit uns?«, jammerte ihre Mutter, rieb sich die Augen und verschmierte die Wimperntusche über ihre tränenüberströmten Wangen. »Wo sollen wir wohnen? Was werden wir tun?«

»Uns wird schon was einfallen«, sagte Sarahs Vater. »Verlass dich auf mich.«

»Verlassen? Auf dich verlassen?«, kreischte Celia. »Siehst du nicht, wohin uns das gebracht hat. Ich werde mich nie, nie wieder auf dich verlassen.«

Sie sprang auf und warf dabei ihren Stuhl um.

»Und wieso hast du mich für Melissas Party das viele Geld ausgeben lassen, wenn du wusstest, dass das passieren wird?«, schrie sie.

Sarahs Vater seufzte.

»Fünfhundert Pfund mehr oder weniger machten jetzt auch keinen Unterschied mehr«, sagte er müde. »Dadurch wurde das Konto eben nur noch mehr überzogen, das ist alles.«

»Wie konntest du nur so dumm sein?«, schrie Sarahs Mutter ihn an, bevor sie aus der Küche rannte.

Mr. Field vergrub sein Gesicht in den Händen. Sarah sah weiterhin aus dem Fenster und ihr war ziemlich übel. Granny Jay setzte den Kessel auf.

»Melly? Kann ich reinkommen?« Sarah klopfte zaghaft an die Zimmertür ihrer Schwester. Von drinnen drang nur gedämpftes Schluchzen zu ihr.

Sie machte die Tür auf. Melissa lag bäuchlings auf dem Bett, die Schultern zuckten. Sarah setzte sich neben sie und legte einen Arm um Melissas Schultern.

»Ist schon gut, Melly. Es wird schon irgendwie werden.«

Ihre Schwester drehte sich auf den Rücken und starrte Sarah an.

»Ach ja, und wie?«

Sarah schwieg. Ihre Worte hatten auch in ihren Ohren seltsam hohl geklungen. Sie war so daran gewöhnt, solche Dinge zu ihren Freundinnen zu sagen, wenn es denen nicht so gut ging, und sie hatte sich noch nie überlegt, dass so was manchmal gar nicht richtig half.

»Siehst du? Es ist hoffnungslos. Alles ist zerstört, alles! Alle werden wissen, was passiert ist, alle lachen uns aus, unsere Freunde werden uns verachten ...«

»Nein, so ein Blödsinn«, protestierte Sarah. »Wir werden ihnen Leid tun.«

»Na, toll, jetzt werden wir also zur Zielscheibe für die Barmherzigkeit unserer Nachbarn, ja? Das halte ich nicht aus!«

Sarah hätte gern gesagt, dass sie es auch nur schwer aushielt. Sie hätte auch gern laut geheult, aber ihr war klar, dass das nichts brachte. Von unten hörte sie, wie ihre Mutter ihren Vater anschrie, und es hatte den Anschein, als fiele ihre ganze Welt in Scherben. Sie fürchtete sich und fühlte sich ziemlich allein.

»Melly?« Aber bevor sie mehr sagen konnte, klopfte es an der Tür und Jake steckte den Kopf herein.

»Kann ich reinkommen?«

»Nein!«, fuhr Melissa ihn an.

Jake tat so, als hätte er nichts gehört, und nahm sie in die Arme.

»Ist doch nicht so schlimm, mein Schatz«, sagte er liebevoll. »Deine Großmutter hat mir alles erzählt. Das ist doch nicht das Ende der Welt.«

»Doch!«, schluchzte Melissa.

»Dann zieht ihr eben um«, sagte Jake tröstend. »Da ist doch nichts dabei.«

»Ach, du hast ja von so was keine Ahnung, woher auch – wenn man bedenkt, dass du in so einem beschissenen Reihenhaus wohnst, mit einem Vater, der den Abfluss von anderen Leuten reinigt, und einer Mutter ...«

»Melly!«, rief Sarah entsetzt.

»Ach, hau doch ab und lass mich in Ruhe!«, schluchzte ihre Schwester. »Alle beide! HAUT AB!«

Sarah ging.

Jake folgte ihr.

Der Sumpf der Verzweiflung

Die nächsten paar Tage waren grauenvoll. Es war, als ob eine riesige schwarze Wolke über ihnen hing. An manchen Tagen machte sich Sarahs Mutter nicht mal die Mühe, sich anzuziehen, sondern wanderte in ihrem Morgenrock herum, biss sich ihre früher immer so makellosen Fingernägel ab und weinte. An anderen Tagen kam Sarah von der Schule nach Hause und fand eine grell geschminkte Mutter vor, die eine Flasche Wein nach der anderen trank und am Telefon laut mit einer ihrer Freundinnen redete. Da hörte Sarah sie Sachen sagen wie »der schreckliche Mann« und »nie, nie werde ich ihm das verzeihen« und dann wäre sie immer am liebsten hochgelaufen und hätte sich die Ohren zugehalten.

Ihr Vater verbrachte endlose Stunden mit Rechnen und Grübeln, erstellte einen Finanzierungsplan nach dem andern und hatte zahlreiche Besprechungen mit dem Bankdirektor, von denen er schweigsam und verschlossen zurückkehrte. Sogar die Ankunft eines Briefs von der *Sunday Times*, in dem ihm mitgeteilt wurde, dass sein Beitrag zu »Gesichter unserer Zeit« für einen Preis nominiert worden war, konnte die niedergedrückte Stimmung um ihn herum nicht aufheben. Er stocherte in seinem Essen herum und schluckte in rauen Mengen Medikamente gegen Magenbeschwerden. Sarah sagte ihm, er solle zum Arzt gehen, aber er hörte gar nicht hin.

Melly beachtete Jakes Anrufe nicht und Sarah hatte es langsam satt, sich immer neue Entschuldigungen für sie auszudenken – Melly wäre in der Badewanne, sie übte für die Examen –, besonders weil sie wusste, dass Jake kein Wort davon glaubte. Doch wenn Nathan anrief, war Melissa zuckersüß, plapperte fröhlich über den bevorstehenden Ball und schien völlig unbekümmert.

»Schön, wie Nathan dich aufmuntert«, sagte Sarah nach einem besonders langen Telefongespräch. »Warum willst du denn nicht mit Jake reden?«

Mellys blaue Augen verengten sich.

»Da unser Vater dafür gesorgt hat, dass wir kaum jemals Geld haben werden, kann ich doch wenigstens meine Kontakte pflegen, oder nicht?«, fuhr sie Sarah an. »Nathan ist stinkreich und Jake hat keinen Penny – da braucht man doch nicht lange zu überlegen.«

»Aber Jake ist viel netter als Nathan«, protestierte Sarah. »Geld ist auch nicht alles. Was hat denn Nathan zu Paps' Pleite gesagt?«

»Ich habe ihm noch nichts davon erzählt«, gab Melly zu.

»Aber das musst du!«

»Noch nicht. Er geht mit mir heute Abend zum *Flussboot* und das lass ich mir durch nichts verderben.«

»Wow!«, sagte Sarah. Das *Flussboot* war ein schwimmendes Restaurant, das an der Kettleborough-Schleuse vor Anker lag und ein beliebtes Ziel vom hiesigen Landadel war. Es war auch sehr teuer.

»Du wirst es nicht ewig geheim halten können«, warnte Sarah. »Warum sagst du es ihm nicht einfach und bringst es hinter dich? Das wird doch nichts ändern.«

Melissa sah sie wütend an.

»Was weißt du schon? Du bist doch noch ein Kind«, sagte sie und stampfte zurück in ihr Zimmer.

Sarah sah ihr unglücklich hinterher. Alle schienen sich plötzlich zu verändern und sie fand das schrecklich.

Sarah fühlte sich in dieser Woche leer. Und gefühllos. Sie kannte die Tatsachen: Sie mussten das Haus verkaufen, Paps hatte kein Geld mehr und alles würde sich ändern. Aber sie konnte nichts wirklich *fühlen.* Und das erschreckte sie am allermeisten.

Wenn Granny Jay nicht spät am Sonntagnachmittag zurück zu ihrem Häuschen marschiert und anschließend mit einem Koffer zurückgekehrt wäre, hätte Sarah nicht gewusst, wie sie das alles überstehen sollte. Gran sagte, es hätte keinen Sinn, über Dinge zu weinen, die nicht mehr zu ändern waren, und sie würde jetzt bei ihnen bleiben, bis sie wieder Land sähen.

Es war auch Granny, die darauf bestand, dass sie regelmäßig aßen, auch wenn alle Fields behaupteten, sie wären kein bisschen hungrig. »Ein voller Magen leidet weniger«, verkündete sie dann und löffelte ihnen Hühnerfrikassee auf die Teller. Es war ebenfalls Granny Jay, die

Sarahs Mutter dazu veranlasste, die Stellenanzeigen in der Zeitung zu studieren, und sie überhörte die Proteste ihrer Tochter, sie hätte noch nie im Leben für Geld gearbeitet. Es war Granny Jay, die Leo zu langen Spaziergängen mit seiner Kamera überredete, weil er ihrer Meinung nach frische Luft und Alleinsein brauchte, oder sie gab ihm einen Zwanzigpfundschein und schickte ihn trotz seiner Einwände, das Geld wäre verschwendet, zum Golfspielen. Und es war Granny Jay, die Sarah bei der Bewältigung ihres größten Problems half.

»Melly will nicht, dass ich mit irgendjemandem darüber spreche«, sagte Sarah eines Morgens, bevor sie zur Schule ging. »Aber ich möchte mit meinen Freunden reden.« Sie sah ihre Goßmutter an. »Ich brauche das«, flüsterte sie.

»Aber klar, mach das nur«, sagte ihre Großmutter energisch. »Geteiltes Leid, halbes Leid, und außerdem wären sie bestimmt schwer beleidigt, wenn sie spürten, dass du unglücklich bist und nicht genug Vertrauen zu ihnen hast, um mit ihnen darüber zu reden.«

Sarah riss die Augen auf.

»So hatte ich das noch gar nicht gesehen.«

Sarah ging gerade zum Garderobenraum, als Livi sie einholte und einen langen Blick auf Sarahs ernstes Gesicht warf.

»Was ist los?«, fragte sie und berührte Saras Arm.

Sarah erzählte es ihr und langsam wich das taube, tote Gefühl in ihr einem tief sitzenden Schmerz. Tränen flossen über ihre Wangen.

»Oh, Sarah«, sagte Livi, »das tut mir schrecklich Leid. Ich weiß, wie du dich fühlst.«

Sarah rieb sich die Augen und sah Livi an.

»Wirklich?«

Livi nickte.

»Als wir umziehen mussten, weil mein Vater von jeder Arbeitsstelle rausflog, fühlte ich mich innerlich ganz leer, so als ob es niemals mehr gut werden könnte. Und als Papa dann mit Rosalie abhaute, fing das Ganze grad noch mal von vorn an. Deshalb verstehe ich dich.«

»Es ist ja nicht nur das Geld und das Haus und alles«, schniefte Sarah. »Meine Mutter dreht durch und schreit Paps an, Melly benimmt sich ganz komisch und ich kann mit keinem drüber reden, weil sie alle nur mit sich beschäftigt sind.«

»Du hast doch immer mich, wenn du reden willst«, bot Livi an.

»Danke. Ich hatte schon Angst, du magst mich nicht mehr.«

»Wie bist du denn auf so was gekommen?«, protestierte Livi.

»Na ja, du weißt schon, diese Sache mit Adam – und Luke und der Kram.«

Livi sah sie an. »Bist du echt in Adam verknallt?«

Sarah seufzte.

»Er ist süß und sexy, aber im Moment hab ich für so was keinen Nerv. Irgendwie scheint das momentan nicht so wichtig.« Livi sah erleichtert aus.

»Oh, und da wär noch was. Melissa will nicht, dass andere Bescheid wissen – also sag bitte nichts, ja?«

Livi sah Sarah zweifelnd an. »Natürlich nicht, wenn du das möchtest. Aber irgendwann müssen es doch die Leute erfahren, oder?«

»Noch nicht!«

Doch wie sich herausstellen sollte, wussten es alle schon zu bald.

Eine öffentliche Ankündigung

»Na, wie war denn das Nachtleben?«, fragte Sarah Melissa am nächsten Morgen, als sie in ihr Zimmer ging, um etwas Feuchtigkeitskrem zu schnorren.

Melissa starrte verdrossen in den Spiegel und zuckte die Achseln.

»Wahrscheinlich ganz gut«, sagte sie gleichgültig.

»Nur ganz gut? Da lädt dich einer in den heißen Szeneschuppen ein, einer, der dich anbetet, und du findest das nur ganz gut?« Sarah sah ihre Schwester forschend an. »Was ist denn schief gelaufen?«

Melissa stand auf und kam drohend auf Sarah zu.

»Wer sagt denn, dass was schief gelaufen ist, he?«, brüllte sie. »Jetzt mach dich hier raus, ja? Raus aus meinem Zimmer!«

Ein paar Tage später kamen Sarah und Melissa von der Schule nach Hause und fanden ihre Eltern mit finsteren Gesichtern am Küchentisch sitzen.

»Was ist los?«, fragte Sarah erschrocken. Es konnte doch nicht schon wieder was Schlimmes passiert sein.

Ihre Mutter sagte kein Wort, sondern schob eine Ausgabe des *Leehampton Echo* über den Tisch und zeigte mit dem Finger auf einen Artikel.

Hiesiges Unternehmen in Konkurs gegangen

Diese Woche wurde der Konkursverwalter zu *FieldCare* gerufen, einer Firma für Gartenbauzubehör, da die ausstehenden Kredite über 150 000 Pfund von der Bank gekündigt worden waren. Mr. Leo Field drückte in einer schriftlichen Stellungnahme sein Bedauern über den Zusammenbruch seiner Firma aus, den er einerseits mit der allgemeinen Rezession begründete, andererseits auf neue Entwicklungen in der Gartenbautechnik zurückführte.

»Jetzt weiß die ganze Welt Bescheid!«, schrie Melly.

Ihr Vater starrte unglücklich vor sich hin.

»Es tut mir ja so Leid, Schätzchen …«, fing er an.

»Leid? Leid? Ist das alles, was dir dazu einfällt? Mein ganzes Leben ist zerstört und alles, was du sagen kannst, ist: Es tut dir Leid!«

Sie stürzte aus der Küche und knallte die Tür hinter sich zu. Sarah wusste nicht, wann ihr Vater jemals so tief getroffen ausgesehen hatte.

Zu Sarahs Überraschung sagte in der Schule niemand etwas zu dem Zeitungsartikel.

»Hm, wahrscheinlich hat es keiner gelesen«, sagte Livi,

als Sarah ihr Erstaunen ausdrückte. »Ehrlich gesagt, das *Echo* ist ja nicht gerade die *Times*, oder? Die meisten Kids lesen eh bloß die Sportseite und das Horoskop.«

Sarah konnte nur hoffen, dass das stimmte.

Am nächsten Abend klingelte das Telefon. Es war Mellys Freundin Vicki. Sarah rief nach oben und hörte, wie ihre Schwester den Hörer vom oberen Apparat abnahm.

Sarah machte sich wieder an die Französisch-Hausaufgaben und fragte sich zum hundersten Mal, warum nicht alle Welt sich auf Englisch verständigte und sich so das Leben erleichterte. Sie überlegte gerade, was »au fond de« bedeutete, als sie hörte, wie die Tür vom Zimmer ihrer Schwester zuknallte. »Melly«, rief sie und rannte, immer zwei Stufen nehmend, die Treppe hoch, »was heißt ›au fond‹... He, stimmt was nicht?«

Melissa saß an ihrem Schreibtisch und Tränen strömten über ihr Gesicht.

»Vicki hat gerade Nathan getroffen«, schluchzte sie.

»Na und?«

»Shelby Balfour war bei ihm«, flüsterte Melissa, »und sie ...« Sie schluchzte lauter.

»Was denn?«, fragte Sarah ängstlich.

»... küssten sich«, weinte Melissa.

Sarah schluckte.

»Oh, Melly, wie schrecklich.« Sie unterbrach sich, weil es irgendwie läppisch klang. Wie konnte Nathan nur so gefühllos sein, wenn Melissa so viel durchmachen musste! Dann fiel ihr ein, dass er ja keine Ahnung hatte, was sie für Probleme hatten. Aber egal ...

Sarah schlug mit der Faust gegen das Bücherregal.

»Wie kann er es wagen, dich so zu behandeln! Und dann auch noch mit Shelby Balfour – die hat doch ein Spatzenhirn, die ist dumm wie Bohnenstroh.«

Melissa schluchzte lauter.

»Vielleicht hat Vicki was missverstanden«, versuchte Sarah verzweifelt, Melissa zu trösten. »Also, vielleicht war das ja nur ein Bussi auf die Wange.«

Melly schniefte.

»So, wie Vicki sich ausdrückte, war da überhaupt nichts misszuverstehen!«, schrie sie. »Shelby ist schon seit Monaten hinter ihm her und neulich Abend im *Flussboot…*«, sie zögerte.

»Ja?«, fragte Sarah ermutigend.

»Na ja, mir ging es grässlich – du weißt schon, wegen Paps und so. Alle machten Witze und lachten und ich wäre am liebsten allein gewesen. Ich ging hoch an Deck, und als ich zurückkam, tanzte Shelby total eng mit Nathan und flirtete wie wahnsinnig.«

»Dumme Ziege!«, knurrte Sarah.

»Und dann sagte Nathan zu mir, er fände Shelby echt cool und warum ich mich nicht mal so entspannen könnte und mehr einen drauf machen würde wie sie. Und jetzt hab ich ihn verloren – das weiß ich genau!«

Melissa brach erneut in Tränen aus.

»Wein doch nicht, Melly«, sagte Sarah. »Das ist er doch gar nicht wert. Er hatte ja nicht mal den Anstand, es dir selbst zu sagen. Vergiss ihn!«

»Aber ich liebe ihn!«, heulte Melly.

Sarah bezweifelte das, aber sie fand es netter, nichts dazu zu sagen.

»Du hast doch immer noch Jake«, sagte sie nur.

»Jake und ich haben Schluss gemacht«, heulte Melissa.

»Essen kommen!«, rief Granny Jay vom Fußende der Treppe.

»Kommst du?«, fragte Sarah.

Melissa schüttelte den Kopf.

»Ich werde nie wieder was essen«, jammerte sie. »Mein Leben hat keinen Sinn mehr.«

»Also«, sagte Granny Jay energisch, als der Rest der Familie bei der Steak-and-Kidney-Pastete saß, »das hört mir aber jetzt auf!«

»Was denn?«, fragte Mrs. Field apathisch.

»Dieses ganze Gejammere«, sagte Granny Jay. »Also, Leo, wann soll denn dieses Haus verkauft werden?«

»Nächste Woche«, sagte Mr. Field.

So bald schon, dachte Sarah. Sie hatte auf ein Wunder gehofft, aber scheinbar waren Wunder momentan knapp.

»Und wo werdet ihr dann wohnen?«, wollte Granny Jay wissen.

»Das«, erwiderte ihr Schwiegersohn, »ist die Sechs-Millionen-Dollar-Frage. Irgendwo, wo's billiger ist, ist doch klar.«

»In einer dieser Wohnungen in der Innenstadt?«, schlug Granny Jay vor. »Es wäre doch sehr nett, wenn ihr in meiner Nähe wärt.«

Sarah hatte eine plötzliche Eingebung.

»Ich glaube, ich hab die Lösung«, verkündete sie.

Drei Paar Augen sahen sie erwartungsvoll an.

»Charley zieht doch nächste Woche aus, nicht wahr, Gran?«

Granny Jay nickte, ein Funken des Begreifens blitzte in ihren Augen auf.

»Dann können wir doch Charleys Cottage mieten«, sagte Sarah.

»Charleys Cottage?« Sarahs Mutter spuckte die Worte förmlich aus. »Diesen heruntergekommenen Müllhaufen?«

Granny Jay stellte die Stacheln auf.

»Charleys Cottage ist kein Müllhaufen, genauso wenig wie meins. Das ist ein genialer Plan, Sarah, Schätzchen. Und denk doch nur – wir wären Nachbarn. Ich könnte euch helfen ...«

»Und wir könnten ein Auge auf dich haben ...«, ergänzte Sarah.

»Darum«, sagte ihre Großmutter, »geht es nun wirklich nicht.«

»Das könnte wirklich die Lösung sein«, sagte Sarahs Vater nachdenklich.

Sarahs Mutter schlug mit der Faust auf den Tisch.

»Glaubst du vielleicht, ich will da enden, wo ich hergekommen bin? In einem schmuddeligen Häuschen an dem verdreckten Kanal? Du möchtest vielleicht jetzt da leben, aber ich nicht. Wir genießen hier immerhin eine gewisse Reputation, weißt du.«

»Reputation bezahlt keine Rechnungen«, bemerkte Granny Jay schneidend.

»Und diese Cottages haben einen ganz eigenen Stil«, sagte Mr. Field taktvoll.

Granny Jay räusperte sich.

»Also, ihr werdet das alles bestimmt überdenken wollen und ich will mein Buch noch zu Ende lesen, dann geh ich mal hoch in mein Zimmer.« Sie sammelte ihre Sachen ein und drehte sich zu ihrer Tochter um.

»Und denk dran, Celia«, sagte sie leise, »nichts ist so schlimm, als dass es nicht noch schlimmer hätte werden können. Jedes Unglück hat seinen Sinn.«

»Ach, sei doch still, Mama!«, erwiderte Sarahs Mutter aufgebracht.

Granny Jay senkte den Kopf, aber sie schwieg.

»Gute Nacht, Gran«, sagte Sarah.

»Nächtelchen, Schätzelchen«, erwiderte ihre Großmutter und ging zur Treppe. »Du bist ein kluges Kind. Bis morgen. Gute Nacht, Melly«, rief sie, als sie an Melissas geschlossener Tür vorbeiging.

Sie erhielt keine Antwort.

»Vielleicht ziehen wir nach Canal End«, sagte Sarah zu Melissa, als sie ihr eine halbe Stunde später ein Stück kalte Pastete und Salat brachte. »In Charleys Cottage neben Grans.«

Melissa sah sie mit stumpfen Augen an.

»Ach ja?«

Sarah wartete auf einen Gefühlsausbruch, auf Feststellungen, wie erniedrigend es sein würde, auf der falschen Seite der Stadt zu wohnen, und welchen Schaden ihr gesellschaftliches Ansehen dadurch erleiden würde.

Aber Melly schwieg. Sie starrte nur die Decke an.

Sarah wäre ein Gefühlsausbruch lieber gewesen.

Sarahs Mutter reißt sich zusammen

Sarah wünschte sich, dass Melly nicht mit Jake Schluss gemacht hätte. Sie fand ihre Hausaufgaben in Französisch gemein schwer und mit ihm zusammen wären sie ein Klacks gewesen. Ihre Mutter kam in die Küche, als Sarah gerade ein paar Accents im Text verteilte, damit es auch ein bisschen nach Französisch aussah.

»Möchtest du eine Tasse heiße Schokolade, Sarah?«

Sarah freute sich dermaßen, dass ihre Mutter wieder was Alltägliches tat, dass sie auch ein Drei-Gänge-Menü gegessen hätte, um ihr eine Freude zu machen.

»Ich hab über Jobs nachgedacht.« Mrs. Field goss die abgemessene Milch in einen Topf. »Granny Jay hat Recht – was geschehen ist, ist geschehen und ich muss was verdienen. Das Dumme ist nur, ich hab nichts gelernt.«

Sarah sprang auf und umarmte ihre Mutter.

»Blödsinn!«, rief sie. »Du kannst doch viele Sachen ganz toll!«

»Zum Beispiel?«, fragte ihre Mutter trocken.

»Tennis spielen«, zählte Sarah auf.

»Nicht gerade wie Steffi Graf.«

»Du kochst traumhaft gut.«

Ihre Mutter kräuselte die Lippen.

»Das wäre eine Überlegung wert. Sarah, sei ein Engel und bring einen Becher Schokolade hoch zu Gran, bevor sie einschläft. Ich will was nachschauen.«

Sarahs Welt kommt ins Wanken

»Schokoladenzeit!«, zwitscherte Sarah fröhlich und klopfte an die Tür des Gästezimmers.

Keine Antwort. Wenn Granny Jay sich einmal in ein Buch vertieft hatte, war sie für die Welt um sich herum verloren.

Sarah stieß die Tür auf und trat ein, verschüttete Schokolade auf den Teppich und wischte hastig mit dem Fuß darüber. Ihre Großmutter war wohl über ihrem Krimi von P. D. James eingeschlafen.

»Aufwachen, Gran – Mami schickt dir eine Schokolade!«

Granny Jay bewegte sich nicht.

Sarah ging näher an das Bett heran.

»Gran?«, flüsterte sie.

Ihre Großmutter lag da mit offenen Augen, die nichts mehr sahen, und ein kleines Speichelrinnsal tropfte über ihr Kinn.

Sarah starrte sie fassungslos an.

»Gran? Gran! GRAN!«, rief sie immer lauter.

Tief unten in der Magengrube drückte ein schweres Gewicht und ihr Mund war so trocken, dass ihre Zunge am Gaumen klebte.

Und dann schrie sie los.

Granny Jay war tot. Granny Jay war tot. Sarah lag im Bett und wiederholte diese Worte in ihrem Kopf und dennoch konnte sie es immer noch nicht glauben.

Sie wollte weinen, aber sie konnte nicht. Schon als der Sanitäter seinen Blick von der ausgestreckten Gestalt ihrer Großmutter abgewandt und langsam den Kopf geschüttelt hatte, konnte sie nicht weinen. Sie hatte unzählige Kannen Tee gekocht, ihre schluchzende Mutter und die weinende Schwester getröstet und ihrem Vater immer wieder versichert, dass es selbstverständlich nicht seine Schuld war, Granny Jays Tod hatte nichts mit seinen schlechten Nachrichten zu tun.

»Ich komme mir so gemein vor!«, hatte ihre Mutter geschluchzt, nachdem Granny Jay fortgebracht worden war. »Meine letzten Worte zu ihr waren: ›Sei still!‹ Wie konnte ich nur so herzlos sein? Sie wollte doch nur helfen und jetzt ist sie für immer gegangen!«

»Ich hab ihr noch nicht mal Gute Nacht gewünscht«, heulte Melissa. »Sie rief mir noch etwas zu und ich habe nicht geantwortet.«

Sarah wusste nicht, was sie darauf sagen sollte, also brühte sie noch mehr Tee auf und fragte sich, warum es ihr so vorkam, als ob sie in einem Theaterstück mitspielte. Solange es sich aufschieben ließ, war sie nicht ins Bett gegangen, weil sie nicht am Gästezimmer vorbeigehen wollte, wo das Bett jetzt abgezogen war, auf dem noch vor wenigen Stunden Granny Jay gelegen hatte.

Und jetzt lag Sarah in ihrem Bett und konnte immer noch nicht weinen und nicht schlafen. Die Vorstellung, dass ihre Großmutter nie wieder in der Küche sitzen und die Welt in Ordnung bringen oder wütende Leserbriefe an die Lokalzeitung bezüglich des Straßenzustands oder der unpünktlichen Busse in Canal End schreiben würde, war unfassbar. Nie wieder würde sie zu Sarah sagen, dass ihre Röcke zu kurz wären, oder Melly damit aufziehen, dass sie mehr Jungs hinter sich herlaufen hatte, als andere Leute in ihrem Leben warme Mahlzeiten aßen.

Melly. Vielleicht lag sie auch wach und fühlte sich ebenso grässlich. Sarah stand wieder auf, huschte über den Flur und machte leise die Tür von Melissas Zimmer auf.

Melissa war nicht da.

Sarah wurde langsam von Panik erfasst. Sie war durch das ganze Haus getigert, aber nirgendwo gab es ein Zeichen von ihrer Schwester. Es war jetzt drei Uhr morgens. Wo konnte sie nur sein? Sie ging durch die Küche und gerade, als sie Licht anmachen wollte, war ihr, als säße jemand auf der Bank hinten im Garten. Einen Moment lang war sie erschrocken, aber als ihre Augen sich dann an die Dunkelheit gewöhnt hatten, erkannte sie, dass es ihre Schwester war.

Sie öffnete die Hintertür und ging nach draußen.

»Melly? Melly, was machst du da?«

Ihre Schwester sah sie mit leeren Augen an und schwieg.

»Melly, du frierst dich zu Tode – komm wieder rein.«

Melissa sagte noch immer nichts, aber sie ließ sich von Sarah ins Haus führen.

»Was ist denn, Melly? Was ist los?«, fragte Sarah.

»Es ist alles so sinnlos«, sagte ihre Schwester gleichgültig. »Nichts ist von Dauer. Überhaupt nichts.«

»Meinst du Granny Jay?« Sarah drängte ihre Tränen zurück. »Sie war schon sehr alt.«

Melly schüttelte den Kopf. Ihre Haare waren zerzaust und sie hatte Maskaraflecken auf den Wangen. »Es geht nicht nur darum. Ich habe Nathan geliebt und er ist weg. Jake war ein klasse Kumpel und ich hab ihn vertrieben. Wir hatten ein wunderschönes Zuhause und jetzt haben wir keins mehr. Als ob mir alles, was mir etwas bedeutet, weggenommen wird. Was soll also das Ganze?«

Sarah fasste nach der Hand ihrer Schwester.

»Das kommt dir jetzt nur so vor. Ich versteh dich ja. Aber du hast was Besseres als Nathan verdient, und Jake ist doch gar nicht weg, der kommt sofort zurück, wenn du ihn darum bittest.«

Melly schüttelte trostlos den Kopf.

»Und wir kriegen ein anderes Zuhause und du gehst an die Uni und findest tausend neue Freundinnen und die Männer liegen dir zu Füßen und gestehen dir ihre unsterbliche Leidenschaft«, sagte Sarah, um Melly zum Lachen zu bringen.

»Ich geh nicht an die Uni«, sagte Melissa.

»Sei doch nicht albern, Cambridge hat dir doch schon eine Zusage geschickt.«

Melly sah sie an und begann zu weinen.

»Ich kann nicht studieren, Sarah. Mein Verstand funktioniert nicht mehr, ich kann mich an nichts mehr erinnern, was ich mal gelernt habe.« Sie wischte sich übers Gesicht.

»Ich falle durch, Sarah«, schluchzte sie. »Das weiß ich genau.«

Sarah greift helfend ein

Am nächsten Tag gingen Melissa und Sarah nicht zur Schule. Sarahs Vater telefonierte stundenlang, erzählte Freunden und Verwandten, wie Granny Jay gestorben war, und erledigte die Formalitäten wegen der Beerdigung. Er kümmerte sich um alles und schien seit Wochen zum ersten Mal wieder energisch und voller Autorität.

Sarah hatte einen dicken Kloß im Hals und Schmerzen in der Brust. Sie hatte immer gedacht, dass die Menschen, die einen lieben Menschen verlieren, heulen und wehklagen, aber sie konnte es nicht. Sie versuchte es, aber es kamen keine Tränen. In ihr schien alles erstarrt zu sein, wie ein Bild in einem Video, wenn man auf die Pausentaste drückt.

Sarahs Mutter gab sich alle Mühe, tapfer zu sein, und bestand darauf, mittags ein Drei-Gänge-Menü zu kochen, weil Granny Jay das getan hätte, wenn sie noch bei ihnen wäre. Sie polierte stundenlang die Möbel und ordnete die Illustriertenstapel, und als Sarah zu ihrem Vater sagte, ihrer Meinung nach müsste Mami sich jetzt ausruhen, antwortete er nur, dass jeder seine eigene Art hatte, mit den Dingen fertig zu werden, und dass sie sie gewähren lassen sollten.

Aber es war nicht ihre Mutter, deren Zustand Sarah die

meiste Angst machte. Als sie morgens in Melissas Zimmer geschlüpft war, um zu sehen, ob sie endlich doch hatte einschlafen können, entdeckte sie, dass alle Examenspapiere im Papierkorb lagen. Der Brief von der Universität Cambridge mit dem Studienplatzangebot, den Melly voller Stolz an ihr Korkbrett gepinnt hatte, war mit schwarzem Filzstift verschmiert: »Schön wär's« stand dick und fett quer drübergekrakelt.

Die größte Sorge machte Sarah jedoch die Flasche mit den kleinen grünen Tabletten auf Mellys Nachttisch, mit denen ihre Mutter sonst ihre Flugangst bekämpfte. Das war der Augenblick, als Sarah einen Entschluss fasste.

»Es ist wegen Melly – unsere Großmutter ist gestorben und jetzt sagt sie, alles wäre total hoffnungslos, und außerdem hat sie sich Tabletten besorgt und – bitte, bitte« – Sarah umklammerte den Hörer – »du bist der einzige Mensch, der das wieder hinbiegen kann. Sie braucht dich, Jake. Du kommst doch, ja?«

»Bin schon unterwegs«, sagte Jake. Und Sarah war froh, dass er noch nie zu denen gehört hatte, die unnötig Worte verschwenden.

Sarah erfuhr nie, was genau Jake gesagt oder getan hatte. Er war in seinem bunt bemalten Lieferwagen angekommen und hatte Sarahs Mutter einen Strauß Osterglocken mitgebracht.

»Ich weiß nicht, was ich Ihnen sagen soll, Mrs. Field. Aber Sie sollen wissen: Wenn es irgendwas gibt, was ich tun kann, dann werde ich das tun.«

Sarahs Mutter schloss ihn spontan in ihre Arme. Er schien sich darüber zu freuen.

Dann verschwand er nach oben.

Melly und Jake machten einen Spaziergang. Mellys Gesicht war immer noch ausdruckslos, aber sie war angezogen, und Sarah stellte mit Befriedigung fest, dass sie nicht protestierte, als Jake ihre Hand ergriff. Während sie sie zusammen weggehen sah, wünschte sich Sarah, dass sie auch jemanden hätte, der sich um sie kümmerte.

Sarah saß immer noch auf ihrem Bett und betrachtete alte Fotos von Granny Jay, als es an ihre Tür klopfte.

»Kann ich reinkommen?«

Es war Livi.

Sie sagte nichts. Sie setzte sich nur neben Sarah und nahm sie in die Arme. Und langsam kamen die Tränen. Sarah weinte und weinte und weinte.

Und Livi saß bei ihr.

»Entschuldigung«, schniefte Sarah, »jetzt kann ich einfach nicht mehr aufhören.«

»Du brauchst dich doch deshalb nicht zu entschuldigen. Du bist doch meine Freundin.«

Noch mehr schlechte Neuigkeiten für Sarah

Als Sarah wieder in die Schule kam, waren alle sehr nett zu ihr. Hayley gab ihr einen kleinen weißen Bären mit dem Aufdruck »Fühl dich umarmt« und Tamsin schenkte ihr eine Duftkerze, die angeblich Energie abgeben sollte. Aber immer wenn sie anfing von Granny Jay zu reden, wechselten die anderen das Thema. Als ob Sarah alles vergessen würde und wieder fröhlich sein könnte, wenn ihre Großmutter nicht erwähnt wurde. Also lächelte Sarah und machte bei ihren Witzen mit und manchmal schaffte sie es mehrere Stunden lang, das hohle Gefühl in ihrem Magen zu ignorieren. Aber es kam immer wieder.

Zu Hause versuchten alle tapfer zu sein. Granny Jays Beerdigungsgottesdienst wurde in der Kirche abgehalten, die sie ihr ganzes Leben lang besucht hatte, und obwohl der Anblick von dem Sarg mit den zwei Kränzen – einer von der Familie, einer von Charley – Sarah zu Tränen rührte, wusste sie genau, dass Granny Jay angesichts der vollen Kirche stolz gewesen wäre. Alle sagten freundliche Sachen über ihre Großmutter, sie sei ein »richtiges Goldstück« und eine einzigartige Persönlichkeit gewesen. Es wurden viele Lieder gesungen, weil Granny Jay das so gewollt hätte, und alles in allem war es in Sarahs Augen eher eine fröhliche Feier von Grans Leben als eine traurige Bestandsaufnahme ihres Todes.

Melissa traf sich wieder oft mit Jake und Sarah war erleichtert, als sie Melissa eines Abends dabei überraschte, wie sie einen Aufsatz für die Schule schrieb.

»Geht es dir jetzt wieder besser?«, fragte sie.

Melly nickte.

»Ich mach mir immer noch Sorgen wegen der Uni«, gestand sie. »Alle denken, ich wäre so klug – was ist, wenn ich durchrassle?«

»Wenn du durchrasselst, wiederholst du's eben oder du machst ganz was anderes«, sagte Sarah.

Melly lachte.

»Du hast für jeden Kummer ein Rezept, was?«

»Nee, leider nicht.« Und Sarah wurde klar, dass das stimmte. Melissa zog noch einen Strich und klappte ihr Heft zu.

»Weißt du was? Ich werde trotzdem noch mein freies Jahr nehmen. Ich verdiene mir ein halbes Jahr lang Geld mit irgendeinem Job und dann fahr ich mit Jake nach Spanien und arbeite dort den Sommer über in einer Strandbar.«

Sarah grinste.

»Also habt ihr wirklich was miteinander?«

Melly nickte.

»Ich war zuerst unheimlich sauer auf dich, dass du ihn hergelockt hast«, gestand sie. »Aber eigentlich nur, weil ich wusste, dass ich zu ihm fies gewesen war und mich selbst deshalb nicht leiden konnte. Er sagte aber, es wäre okay.«

»Weil er verrückt nach dir ist.«

Melissa nickte.

»Melly, diese Tabletten auf deinem Nachttisch …?«, fragte Sarah vorsichtig.

Melly seufzte.

»Ich weiß, ich weiß, das war dumm. Ich hab nur drei davon genommen. Ich wollte einfach schlafen und schlafen und alles vergessen – und dann, als ich drei geschluckt hatte, kriegte ich Angst und ließ es bleiben.«

»Mann, das war aber echt saudumm!«

»Stimmt«, erwiderte ihre Schwester. »Und du hast ja so Recht, Sarah.«

»Wobei?«

»Jake ist wirklich gut gebaut.«

Melissa lachte. Das war das schönste Geräusch, das Sarah in den letzten zwei Wochen gehört hatte.

Vielleicht schafften sie es jetzt und konnten bald alle ihre Schwierigkeiten hinter sich lassen. Aber Sarah hatte noch ein Hindernis zu überwinden, bevor es so weit war.

»Sarah, bist du mit den Hausaufgaben fertig?« Es war Montagabend und Sarah versuchte verzweifelt, den versäumten Unterrichtsstoff nachzuholen.

»Mehr oder weniger. Ich hasse Elektromagnetik.«

Eigentlich hatte sie von ihrem Vater an dieser Stelle eine spitze Bemerkung erwartet, aber er setzte sich in den Sessel und sah sie an.

»Ich war in der Schule.« Leo Field fummelte an seiner Krawatte herum. »Ich hätte es dir schon früher gesagt, aber durch Granny Jay und das alles ...« Seine Stimme erstarb.

»Was wolltest du mir sagen?«, fragte Sarah.

»Du musst von der Bellborough Court abgehen.«

Sarah starrte ihren Vater mit offenem Mund an. Nein. Nicht das. Nicht auch noch das. Bitte nicht, dachte sie.

»Weißt du, sie lassen Melly bis zum Ende des Schuljahres dort, damit sie ihre Prüfungen ablegen kann. Aber ich bin mit der Bezahlung seit Monaten im Rückstand, und sie wollen dich nicht umsonst dabehalten. Es tut mir ja so Leid, mein Schätzchen.«

Sarah schluckte. Die Vorstellung, sie müsste von der Bellborough Court abgehen, war unerträglich.

»Ich habe mit Mr. Todd von der Lee-Hill-Schule gesprochen und er nimmt dich gern dort auf.« Ihr Vater versuchte ihr Mut zu machen. »Das ist eine Schule mit einem guten Ruf und du bist ja noch nicht mal in der zehnten Klasse. Dort wird es dir gefallen.«

»O ja«, dachte Sarah unglücklich. Sarah wird es gefallen. Sarah ist die Starke, die Vernünftige. Der macht das nichts aus.

Aber es gefiel ihr gar nicht und es machte ihr was aus. Vielleicht hatte Melly Recht gehabt: Sie verloren alles, was ihnen wichtig war. Sarah fühlte Tränen aufsteigen und sie biss sich so fest auf die Lippen, dass es schmerzte.

»Sarah, sag doch was.«

Aber Sarah wollte nichts sagen. Sie wollte auch nicht zuhören. Sie wollte nur noch allein sein.

Sie schüttelte den Kopf und schob sich an ihrem Vater vorbei, murmelte etwas von frischer Luft und rannte in den Garten und durch das hintere Gartentor davon.

Sie wusste nicht, wo sie hinlief, und es war ihr auch ganz egal.

Charley tröstet

Sarah lief und lief und auf einmal stand sie auf der Brücke und sah über den Kanal hinüber zu Granny Jays Haus. Im Vorgarten blühten die ersten Narzissen, die Gran nun nie mehr sehen würde.

Durch einen Tränenschleier sah sie jemanden ins Wohnzimmer schauen. Es war Charley Rost.

Sie wischte sich die Augen und ging langsam über die Brücke und den Weg am Kanal entlang.

»Hallo, Charley«, sagte sie leise.

»Na, mein Schatz, mein Mäuschen«, sagte er und berührte ihren Arm. »Wie geht es dir denn? Als dein Vater zu mir kam und mir das von Beryl erzählte, da …« Er unterbrach sich und schnäuzte in ein großes rotes Taschentuch.

Sarah biss sich auf die Lippe.

»Ich kann es immer noch nicht glauben«, gestand sie, »ich denke immer, gleich macht sie die Tür auf und wir trinken Tee und sie sagt, mein Rock wäre zu kurz.«

Charley lächelte.

»Tja, dann solltest du mal besser reinkommen und eine Tasse Tee trinken.«

Er nahm Sarah an der Hand und führte sie in sein Cottage. Kater Blisworth vergaß seine sonst stets arrogante Haltung und rieb sich an ihren Beinen. Im Zimmer standen Kartons, in denen Nippes und Bilder lagen. Charley nahm einen alten Kessel vom Herd und füllte ihn mit Wasser.

»Jetzt macht es mir nicht mehr so viel aus«, sagte er schließlich.

»Was?«

»Wegzugehen. Morgen kommen sie mich holen – Jennifer und ihr eingebildeter Mann. Sie bringen mich in das Heim. Ich hatte mich davor gefürchtet – aber jetzt, wo Beryl nicht mehr da ist, hat sich hier alles verändert.« Er blickte aus dem Fenster, als ein bunt angemaltes Flussboot vorbeifuhr.

»Ihr wart gute Freunde, nicht wahr?«, fragte Sarah.

Charley grinste plötzlich und gab ihr einen leichten Rippenstoß.

»Mehr als Freunde, deine Gran und ich.« Er lachte krächzend. »Viel mehr als Freunde.«

Sarah riss die Augen auf.

»Charley! Du willst doch nicht etwa sagen ...«

Charley nickte. Er schlurfte zum Vertiko, zog eine Schublade heraus und gab Sarah ein Foto in einem Papprahmen. Es zeigte Charley und Granny Jay Arm in Arm, wie sie auf irgendeiner Strandpromenade Zuckerwatte aßen.

Sarah glotzte. »Aber, also, ihr seid doch alt ...«

»Das waren wir aber nicht immer«, sagte Charley empört. »Und außerdem kann man auch auf einer alten Geige noch viele schöne Melodien spielen, wie deine Großmutter sagen würde.«

»Sie wird mir schrecklich fehlen«, sagte Sarah. »Auf einmal ist alles, alles schief gelaufen.«

»Alles?« Charley zog einen alten Lehnstuhl heran und machte Sarah ein Zeichen, dass sie sich setzen sollte.

Und auf einmal sprudelte alles aus Sarah heraus! Sie erzählte von dem bevorstehenden Auszug und dass Paps kein Geld mehr hatte und wie unglücklich sie alle wären.

»Und jetzt«, sagte sie mit einem Schluchzer, »sagt Paps, dass ich von der Bellborough Court abgehen muss und auf die Lee-Hill-Gesamtschule komme. Und ich will nicht.«

Charley nahm ihre Hand in seine runzlige, drückte sie und sah ihr direkt in die Augen.

»Tja, das könnte doch wunderbar werden«, sagte er dann.

»Wunderbar?«, rief Sarah. »Wie kannst du so was sagen? Hast du mir denn gar nicht zugehört?«

Charley nickte gelassen.

»O ja, mein Mäuschen, ich hab dir zugehört«, versicherte er ihr. »Weißt du noch, was du zu mir gesagt hast, als ich nicht ausziehen wollte? Du sagtest, ich sollte mich auf diesen neuen Lebensabschnitt freuen – Pläne machen, mich dafür begeistern.«

»Hab ich das? Tja, wird wohl stimmen«, sagte Sarah nachdenklich. »Es schien alles so einfach, als es dein Problem war. Aber ich soll jetzt von all meinen Freundinnen weg …«

»Echte Freunde behält man und die anderen, um die ist es sowieso nicht schade«, sagte Charley energisch.

»Ich wünschte nur, es würde nicht alles so rasch passieren.«

Charley lutschte an seinen Zähnen.

»Ich finde, wenn man weiß, was getan werden muss, dann soll man es auch tun. Es bringt nichts, wenn man dem nachtrauert, was nicht mehr da ist – wie ich und das Cottage hier. Und denk dran, was deine Großmutter immer sagte: ›Wenn Gott eine Tür schließt …‹«

»›… öffnet er ein Fenster‹«, beendete Sarah den Satz. »Oh, Charley, sie fehlt mir so schrecklich!«

»Mir auch«, sagte Charley. Sie saßen eine Zeit lang in kameradschaftlichem Schweigen beisammen.

Dann beugte Charley sich vor und tätschelte ihr Knie.

»Das Buch, das schreiben wir auch über sie, ja? Eine Art Denkmal in Worten – für die Nachwelt.«

Sarah überlegte.

»Das gefällt mir. Diese Idee finde ich sehr gut. Sobald du dich in dem Heim eingelebt hast, fangen wir an. Ich besorge uns ein Ringbuch und an jedem Wochenende schreiben wir ein Kapitel oder so. Wir fangen damit an, wie du ein kleiner Junge warst und dann …«

»Ja, genau.« Charley lächelte über ihren wieder gefundenen Eifer. »Immer nach vorn schauen.«

»Ja«, sagte Sarah. »Ich werde es versuchen.«

Eine neue Seite an Luke

Am nächsten Nachmittag hatte Sarah eine Freistunde. Sie saß auf den Stufen von der Turnhalle und las »Sense und Sensibility« von Jane Austen.

Aber sie musste dabei ständig an Granny Jay denken. Eigentlich hätte sie doch inzwischen drüber weg sein müssen, aber sie musste dauernd daran denken, dass sie nie wieder mit ihr über ihre Schwierigkeiten würde reden können, und sie fragte sich, was Gran zu der Umschulung auf die Lee Hill gesagt hätte. Sarah wusste, dass Charley Recht hatte und dass es dumm war, sich vorzumachen, alles wäre noch beim Alten. Doch plötzlich war ihr so, als ob alle anderen es im Gegensatz zu ihr kinderleicht hätten.

»Es tut grauenhaft weh, nicht wahr?«

Sarah drehte sich um und sah Luke, der sich neben sie hockte. »Ich weiß, wie dir zu Mute ist«, fuhr er fort, ohne auf eine Antwort zu warten.

»Ja?« Dann hätte Sarah sich selbst in den Hintern treten können, weil sie den Tod seiner Mutter vergessen hatte.

Luke nickte.

»Nach dem Tod von meiner Mutter haben alle versucht mich aufzumuntern. Sie meinten es bestimmt gut mit mir, das weiß ich jetzt. Aber damals war es so, als würden sie verdrängen, dass meine Mutter jemals gelebt hatte. Anscheinend dachten sie, man brauchte mit mir nur über andere Dinge sprechen und mit mir was unternehmen, damit es nicht mehr wehtat. Aber das stimmt nicht.«

»Nein, es tut trotzdem weh.«

»Es wird mit der Zeit besser. Aber hör nicht auf die, die dir deine Gefühle ausreden wollen. Rede darüber, sooft du willst – das ist die einzige Art, damit klarzukommen.«

Sarah versuchte sich das Weinen zu verbeißen.

»Du kannst ruhig heulen«, sagte Luke, als ob nichts dabei wäre. »Besser raus damit, als es drinbehalten, hat meine Mutter immer gesagt.«

Sarah musste gegen ihren Willen kichern.

»Das hat meine Großmutter auch immer gesagt.« Und dann erzählte sie Luke auf einmal Witze, die Gran erzählt hatte, und dass sie immer diese grässlichen bunten Strickmützen getragen hatte und wie sie allen immer ihren Willen aufgedrückt hatte.

»Wie du?« Luke lächelte. Und Sarah merkte, dass er sie nicht ärgern wollte, sondern nur zeigte, dass er verstand.

Und nachdem Sarah einmal losgelegt hatte, gab es kein Halten mehr. Sie erzählte Luke vom Konkurs ihres Vaters, vom Verkauf des Hauses und wie grässlich sie sich fühlte.

»Und am allerschlimmsten ist, dass ich von der Bellborough Court abgehen muss.«

Luke sah sie entsetzt an.

»Und wo sollst du hin?«

»Lee Hill.«

»Ein Glück, das ist ja nicht weit weg.« Dann sah er zu Boden. »Ich fände es nicht gut, wenn du meilenweit weg wärst. Hör mal, wollen wir am Samstag was zusammen unternehmen? Nichts Großartiges – wir könnten spazieren gehen und über deine Großmutter reden, wenn du möchtest.«

Sarah sah ihn nachdenklich an.

»Das ist echt nett von dir. Gern.«

Luke grinste und Sarah bemerkte, dass er eigentlich ziemlich gut aussah.

Wenn man es genau bedenkt, überlegte sie, ist Luke Cunningham ein sehr verständnisvoller und warmherziger Mensch. Vielleicht hatte sie sich ja damals geirrt, als sie dachte, dass Livi die Richtige für ihn wäre.

Bewegende Themen

Sarah fühlte sich seltsam beschwingt. Das Gespräch mit Luke hatte ihr klargemacht, dass sie nicht der einzige Mensch war, der litt und nicht mehr durchblickte, und endlich einmal machte es auch nichts aus, dass sie nicht auf alles eine Antwort wusste. Zum ersten Mal hatte sie die Hoffnung, dass sie das alles heil überstehen würde.

Als sie und Melly an diesem Nachmittag nach Hause kamen, waren ihre Eltern beim Teetrinken und sahen überraschend glücklich aus.

»Hallo, meine Süßen«, begrüßte Mrs. Field sie. »Ich habe ein paar Neuigkeiten für euch.« Sie erzählte, dass Granny Jay ihnen im Testament ihr Cottage vermacht hatte. »Wir können da einziehen und müssen uns wenigstens wegen der Miete keine Sorgen machen«, sagte sie.

Melissa sah überrascht auf.

»Aber es ist so klein!«, protestierte sie. »Wir hocken da wahnsinnig eng aufeinander und außerdem hast du gesagt, dahin zurückzuziehen wär das Letzte, was du tätest.«

Mrs. Field nickte.

»Stimmt«, gab sie zu. »Aber als ich mal richtig über alles nachgedacht habe, ist mir klar geworden: Das Wichtigste ist, dass wir das alle zusammen durchstehen. Und irgendwie sind wir dann auch näher bei Granny Jay, dort in ihrem alten Zuhause. Das soll nicht heißen, dass ich nicht fürchterlich stöhnen werde, wenn der Schrank nicht reinpasst.« Sie lächelte verschmitzt. Dann holte sie tief Luft. »Ich bin immer noch traurig und finde das alles schrecklich – und meistens bin ich auch noch wütend. Aber was geschehen ist, ist geschehen und jetzt müssen wir das Beste daraus machen. Und dank Sarah wird es nicht halb so eng im Haus, wie du denkst.«

»Ich? Was hab ich denn gemacht?«

Mrs. Field lächelte.

»Du hattest vorgeschlagen, wir sollten Charleys Cottage mieten. Ich hab ihn heute besucht und er findet die Idee prima. Mit zwei Häuschen haben wir also reichlich Platz.«

Sie grinste Sarah an.

»Ich dachte, du könntest Charleys Schlafzimmer kriegen und dazu das Gästezimmer, dann hast du deine eigene Miniwohnung.«

»Super«, rief Sarah. »Kann ich auch neue Tapeten haben? Oder ist das zu teuer?« Ihr waren wieder die Geldschwierigkeiten eingefallen.

»Ich glaube«, sagte ihr Vater, »das können wir uns gerade noch so leisten.«

Die nächsten zwei Wochen vergingen wie im Fluge. Als sie Luke erst mal von dem Schulwechsel erzählt hatte, fand sie es leichter, es auch den anderen zu sagen. Livi war deshalb ganz aufgelöst.

»Du wirst mir schrecklich fehlen. Du bist doch meine beste Freundin.«

Sarah grinste.

»Ich bin ja nicht aus der Welt. Du kannst mich immer noch besuchen kommen. Wir ziehen in Grans Häuschen und mieten noch das Nachbarhaus dazu, dann krieg ich zwei Zimmer ganz für mich allein.«

»Cool!« Livi war beeindruckt. »Kann ich dann auch mal wieder bei dir übernachten?«

»Na klar.«

Langsam ging es Sarah wieder besser.

Sarah und Luke machten einen langen Spaziergang am Kanal entlang. Er erzählte ihr von seiner Mutter und sie redete von Granny Jay und Charley. Dann fanden sie heraus, dass sie beide Reggae nicht ausstehen konnten, historische Dramen mochten und von Chemie absolut keine Ahnung hatten. Als Sarah Luke erzählte, sie wollte Kummerkastentante werden und später mal ihre eigene Fernsehsendung moderieren, lachte er sie nicht aus, sondern meinte, darin wäre sie bestimmt sehr gut. Dann gestand er, dass er Berufsmusiker werden und in einem berühmten Sinfonieorchester spielen wollte.

Kurz bevor sie sich am Ende der Ecton Lane trennten, gab Luke ihr einen Kuss auf die Wange. Dann küsste er sie noch mal. Auf die Lippen. Ziemlich lange sogar. Sarah entdeckte, dass sie nichts gegen seine Küsse hatte. Ganz und gar nichts.

Als sie nach Hause kam, war ihre Mutter gerade dabei, einer Familie das Haus zu zeigen.

»Und dies ist unser wirklich schönes Wohnzimmer«, sagte sie begeistert. »Der Kamin ist aus italienischem Marmor, müssen Sie wissen.«

Sarah steckte den Kopf zur Tür herein.

»Und das ist Sarah, meine Tochter«, sagte Mrs. Field.

»Ich bin nicht im Angebot enthalten«, bemerkte Sarah und alle lachten.

»Die Banerjis wollen vielleicht das Haus kaufen«, sagte Mrs. Field. »Ihre Kinder gehen auf die Lee Hill.«

Sarah lächelte zögernd ein zierliches Mädchen mit großen braunen Augen an und einen Jungen, der sich sichtlich langweilte.

»Ich hab gehört, dass du nach den Ferien dahin überwechselst«, sagte Mrs. Banerji. »Es wird dir bestimmt gefallen, nicht wahr, Sumitha?«

»Falls einem eine Schule überhaupt gefallen kann«, sagte Sumitha und grinste Sarah an. Ihre Haare waren schulterlang und in viele dünne Zöpfchen geflochten. Sie sah wirklich nett aus.

»Willst du mit nach oben kommen und dir mein Zimmer anschauen?«, bot Sarah an. »Dann kannst du mir ja auch gleich den neuesten Klatsch von der Lee Hill erzählen.«

Eine halbe Stunde später wusste Sarah, dass der Direktor sehr auf Schülermitverwaltung pochte, dass die Schülerzeitung immer langweiliger wurde und eine Vitaminspritze brauchte, weil die ehemalige Chefredakteurin Laura Turnbull jetzt für die Hundertjahrfeier eine

Schulchronik verfasste, und dass Miss McConnell einen Debattierklub organisiert hatte, in dem Umwelt- und Gesellschaftsprobleme diskutiert wurden.

»Ich denke«, stellte Sarah fest, »dass ich es an der Lee Hill ganz nett finden könnte.«

»Das ist ja ein merkwürdiger Zufall – dass ich heute hierher gekommen bin, was?«, sagte Sumitha.

Und Sarah hätte schwören können, dass sie Granny Jay hörte: »Zufälle, mein Schätzchen, sind Angebote Gottes.«

Sarah fühlte sich langsam wieder richtig gut.

Abschiede

Obwohl Sarah vor der letzten Woche vor den Ferien etwas gegraust hatte, wurde es dann doch eine schöne Zeit.

Adam lud sie ein und sie fuhren Rollerblades und gingen ins Kino. Er lud auch Livi ein und Tamsin und Hayley. Adam schien sich mit großer Begeisterung der gesamten Damenwelt zu widmen. Komischerweise machte es Sarah nichts aus. Sie genoss die langen Spaziergänge mit Luke in der freien Natur viel mehr, weil sie sich die ganze Zeit über Dinge unterhielten, über die sie mit niemandem sonst sprechen konnten.

Melissa verkündete, dass sie einen Job im *Pizza-Palast* annehmen würde, sobald ihre Prüfungen vorbei waren, und dass sie abends und in den Ferien den Kids, die immer noch mit dem Multiplizieren Probleme hatten, Nachhilfestunden in Mathe geben wolle.

»Auf diese Art kann ich genug Geld sparen, damit ich mit Jake nach Spanien fahren kann und vielleicht auch noch nach Tunesien und Marokko«, erzählte sie der Familie beim Abendbrot.

»Krieg ich dann Pizzas umsonst?«, fragte Sarah.

»Nein«, sagte Melissa.

»Und das nach allem, was ich für dich getan habe!«, stöhnte Sarah in gespieltem Ärger.

Zwei Tage vor den Ferien zogen die Fields in die Häuschen am Canal End ein. Da sie an diesem Tag zufälligerweise eine Doppelstunde Physik hatte, bot Sarah an, zu Hause zu bleiben und mitzuhelfen, aber ihre Mutter bestand darauf, dass sie in die Schule ging und noch so viel Zeit wie nur möglich mit ihren Freundinnen verbrachte.

»Außerdem will ich dich nicht zwischen den Beinen haben, weil du mir sonst dauernd sagst, was ich nicht wegschmeißen darf.«

Sarah wusste, dass ihre Mutter sich bemühte, tapfer zu sein, und dass ihr Vater krampfhaft versuchte, fröhlich zu wirken, als er beim Abnehmen der Wäscheleine ein Abschiedslied pfiff. Sarah durchschaute die beiden.

»Es wird schon klappen, Mami, du wirst es sehen.« Sie drückte die Hand ihrer Mutter.

»Ja, mein Schatz, ich weiß. Aber der heutige Tag wird für uns trotzdem sehr hart werden.«

Als Sarah die Auffahrt hinunterging, drehte sie sich um

und warf einen letzten Blick auf *The Hollies*. Sie konnte sich an kein anderes Zuhause erinnern, denn sie waren hier eingezogen, als sie fünfzehn Monate alt war. Der Gedanke, dass sie nie wieder an dem großen Kiefernholztisch in der Küche sitzen oder auf der Bank vor dem Fenster hocken würde, löste bei ihr ein Gefühl der Verlassenheit aus.

Als sie um die Ecke bog, sah sie zu ihrem Erstaunen dort Luke stehen, der auf sie wartete.

»Was machst du denn hier? Deine Bushaltestelle ist doch wo ganz anders?«

»Heute zieht ihr um, nicht wahr?«

Sarah nickte.

»Da dachte ich, du könntest vielleicht etwas Gesellschaft brauchen. Es wird alles gut werden, auch wenn es sich jetzt noch nicht so anfühlt.«

Luke sagte immer das Richtige, dachte Sarah. Er kam nie mit irgendwelchen hohlen Sprüchen an und laberte etwas von »Mach dir bloß keine Sorgen«.

»Du bist richtig nett«, sagte Sarah und das meinte sie auch so.

»Du auch«, sagte Luke. »Sehr.«

Am Ende der Disko zum Schuljahresende bekam Sarah von ihrem Jahrgang eine riesige Zeichnung geschenkt, die Tamsin gemacht hatte. Sie zeigte Sarah als Kummerkastentante einer Zeitung, fast vergraben in Stößen von Briefen und in den Händen ein Schild, auf dem stand:

Mrs. Joll sagte, die Sozialkundestunden würden ohne Sarahs »engagierte Wortbeiträge und Denkanstöße« nicht mehr wie früher sein, eine Formulierung, die sich Sarahs Ansicht nach gut in ihrem Lebenslauf machen würde. Alle umarmten sie und wünschten ihr alles Gute und sie lachte und weinte und versprach, sich wieder zu melden. Dann sagte jemand, dass die Lee Hill eigentlich nur vier Kilometer von der Bellborough Court entfernt wäre und warum sie alle so tun würden, als ob Sarah zum Nordpol reiste, und alle lachten.

Als sie dann miteinander tanzten, sagte Luke, der den ganzen Abend nicht von ihrer Seite gewichen war: »Ich liebe dich.«

»Ähem«, fügte er dann eilig hinzu, kriegte einen roten Kopf und sah verwirrt aus, »ich erwarte gar keine Gegenliebe.«

Sarah sah in sein Gesicht hoch und nahm seine Hand.

»Du musst dich vielleicht damit abfinden, dass du sie trotzdem kriegst«, sagte sie und küsste ihn.

Kameraklicks

In den wenigen Wochen zwischen dem Fortgang von der Bellborough Court und dem Neuanfang auf der Lee Hill war viel los. Livi, Tamsin und Hayley verbrachten drei Tage bei Sarah und halfen ihr, ihre Zimmer einzurichten. Sie strichen das Schlafzimmer in leuchtendem Gelb und klebten einen indischen Fries mit kleinen dicken Elefanten und verschlafen aussehenden Tigern in Brusthöhe rund um die Wände. Als sie dann das Wohnzimmer herrichteten, wurden sie sehr mutig und beschlossen, die Wände zu tapezieren. Das gab eine fürchterliche Sauerei und sie wälzten sich mehr Zeit hysterisch kichernd auf dem Boden, als dass sie arbeiteten. Schließlich musste ihnen Sarahs Vater helfen, sonst wären sie nie fertig geworden.

Aber Mrs. Field meinte, es wäre schön, dass sie so fröhlich wären, und da es Sarahs Zimmer war, konnte sie den Dreck selbst beseitigen.

Es gab aber auch schlimme Tage. Einmal fand Sarah ihre Mutter weinend beim Kartoffelschälen, weil sie keinen Platz für ihre wunderschöne Vitrine mit dem Porzellan finden konnte. Melissa lernte gerade für ihre Prüfungen, als sie Nathan und eine superschlanke Brünette Arm in Arm den Treidelpfad entlang zum *Boatman Inn* gehen sah.

»Er sieht schon toll aus«, sagte sie seufzend zu Sarah.

»Er ist ein Mistkerl«, sagte Sarah knapp. »Ich hör dich jetzt ab.«

Ihr Vater schrieb zahllose Bewerbungen für Jobs, die er gar nicht wirklich wollte, aber dann war er schrecklich deprimiert, wenn die Firmen in ihren Absagen schrieben, er sei zu alt.

»Einundfünfzig ist nicht alt«, sagte er immer wieder, auch um sich selbst zu überzeugen.

»Mach dir keine Sorgen«, sagte Sarah. »Du findest schon was.« Und weil sie Sarah Field war, behielt sie Recht. Sarah überquerte nach einem Tagesausflug mit Luke gerade die Kanalbrücke, als sie auf dem Treidelpfad eine Gruppe Leute stehen sah.

Zwei von ihnen hatten Notizblöcke gezückt und einer stellte ein Kamerastativ auf. Ihr Vater stand vor der Haustür und sah aus, als wäre ihm alles schrecklich peinlich, ihre Mutter malte sich die Lippen an und fummelte an ihrer Frisur herum.

»Was ist denn hier los?«, fragte Sarah, schob ihr Rad an einer jungen Frau in einer Bomberjacke vorbei, die einen Rekorder anstellte.

»Schätzchen, da bist du ja!«, rief ihre Mutter. »Du wirst es nie erraten – dein Vater hat gewonnen!«

»Was hat er gewonnen?«

»Den Fotowettbewerb – ›Gesichter unserer Zeit‹ in der *Sunday Times*. Heute Morgen haben sie angerufen. Der Preis ist dreitausend Pfund! Das *Echo* schreibt einen Artikel über ihn und diese Dame hier ist vom *Focus*.«

»Und das alles hab ich dir zu verdanken«, sagte ihr Vater und grinste ziemlich schief in die Kamera.

»Mir?« Sarah war platt.

»Du hast Ada zu uns gebracht und es war das Foto von ihr, das den Preis bekommen hat.«

»Entschuldigen Sie bitte, Mr. Field«, sagte die junge Frau mit dem Notizblock. »Aber könnten Sie uns auch etwas zu Ihren Plänen für die Zukunft sagen?«

Sie hob den Stift und sah ihn erwartungsvoll an.

»Ich werde mich in Zukunft professionell mit dem Fotografieren beschäftigen«, kündigte Sarahs Vater an.

»Paps!« Sarah riss die Augen auf. »In echt?«

»Leo?«, fragte Mrs. Field.

Leos Gesicht verzog sich zu einem breiten Grinsen.

»Schaut euch doch nur mal um.« Er zeigte mit der Hand zum Kanal, wo einige Boote zum Anlegesteg tuckerten und eine Gruppe von Kindern von einem der Schleusentore Steine übers Wasser hüpfen ließ. »Es ist alles hier – und wartet darauf, dass man es einfängt.«

»Bitte, Sir«, mischte sich ein Fotograf ein, »könnten wir ein Bild von Ihnen mit Ihrer Frau und Ihrer Tochter machen?«

Sie stellten sich vor der Haustür auf und versuchten natürlich zu wirken, was bedeutete, dass sie ganz verkrampft aussahen.

»Ihr erinnert euch daran, dass ich mal sagte, ich hätte noch ein paar Trümpfe im Ärmel?«, fuhr Leo Field fort. »Tja, ich hab jetzt alles im Griff. Von der Zeitung bekam ich den Auftrag für eine Serie über das Leben am Kanal und dann soll ich Bilder für einen Kalender machen. Während der Sommersaison kann ich die Touristen hier fotografieren und der Golfklub will mich zu seinem offiziellen Fotografen bei den Turnieren ernennen.«

Er strahlte.

»Paps, das ist ja genial!«, schrie Sarah. »Du kannst ein neuer Lord Lichfield werden. Du wirst reich und berühmt.«

Ihr Vater lachte.

»Mir reicht es fürs Erste, Sarah, wenn ich zufrieden bin und Arbeit habe.«

Neue Anfänge

Die letzten Ferientage waren ziemlich verwirrend. Mr. Field erschien in den lokalen Fernsehnachrichten und wurde von Radio Leehampton interviewt. Layla Binns-Fincham, eine üppige Frau mit frei schwingendem Busen, kam vom *Sunday Times Magazine*, um etwas zu schreiben, was sie »das Profil des Mannes hinter der Linse« nannte. Der Redakteur der sehr exklusiven Illustrierten *Landschaft und Leute* rief an und gab noch mehr Porträts von Leuten in Auftrag, die er als »rustikale Originale« bezeichnete. Sarah zerrte ihren Vater zum Viktoriaheim, damit er Charley für die Nachwelt festhielt, während sie mit ihm das erste Kapitel von »Rost an der Schleuse« anging.

Sie fanden Charley in einem Holzsessel im Garten, ganz ins Gespräch vertieft mit einer Frau mit einer sehr vertrauten Mütze, an der diesmal ein Zweig mit herabhängenden Haselkätzchen steckte.

»Hi, Charley!«, rief Sarah. Dann erkannte sie Ada.

»Das ist ja großartig!«, rief Mr. Field und dann sprudelten sie die Geschichte von dem Sieger-Porträt heraus und dass er Ada auf immer dankbar war.

»Und das«, sagte er und verbeugte sich, »ist für Sie.«

Und damit reichte er Ada einen Scheck über 500 Pfund.

Ada starrte ihn an und vergaß dabei, den Mund zuzumachen.

»Und bevor Sie etwas sagen«, sagte Mr. Field, »das kommt von der Zeitung, nicht von mir. Es ist das Honorar für das Siegermodell. Sie wollten Ihre Adresse wissen, aber ich sagte ihnen, Sie seien ständig auf Achse.«

Ada warf den Kopf zurück und brüllte vor Lachen.

»Ich – die Claudia Schiffer der Landstraße«, gluckste sie.

Mr. Field sah etwas geniert aus.

»Also, hören Sie, falls Sie kein Konto haben, dann kann ich das für Sie ...«

»Oh, mein lieber Herr«, sagte Ada. »Ich habe drei Konten. Ich denke, ich werde das bei den Renditebezügen einzahlen – mein Sparstrumpf für harte Zeiten.« Sie zwinkerte ihm zu.

»Ich dachte ...«, platzte Sarah heraus und hielt dann inne, weil ihr einfiel, dass man das, was sie sagen wollte, unhöflich finden könnte.

»Du dachtest, ich wäre eine bettelarme alte Pennerin, die vom Sozialamt lebt«, sagte Ada mit freundlichem Lächeln. »Meine Liebe, ich hau immer ab, wenn ich Lust dazu habe, und irgendwann kehre ich wieder für eine Zeit lang in meine Wohnung zurück. Aber wenn dann die alten Wadenmuskeln wieder zucken, dann bin ich wieder auf Achse. Ich habe keine Angehörigen, also bin ich niemandem Rechenschaft schuldig.«

Sie tätschelte Sarahs Arm.

»Und eines Tages, meine Kleine, wirst du auch sehen, dass man manchmal das tun muss, was man tun muss.«

»Und wie sind Sie hierher gekommen?«, fragte Sarah.

»Unbefugtes Eindringen!« Charley lachte leise. »Ich hab sie in der Hecke gefunden.«

»Ich war«, sagte Ada so würdevoll, wie sie nur konnte, »nur dabei, mir einen neuen Hutschmuck zu organisieren.« Sie strich liebevoll über ihre Kopfbedeckung. »Man darf sich nie gehen lassen, wisst ihr.«

Sie betrachtete verwundert ihr Publikum.

»Wieso lacht ihr alle?«

Sarah setzt wieder ein Zeichen!

Am dritten Tag auf der Lee Hill beschloss Sarah, die Dinge in die Hand zu nehmen. Sie war schon dem Debattierklub beigetreten, hatte sich ins Basketballteam aufnehmen lassen und angeboten, einen Artikel über Trauerarbeit für die Schülerzeitung zu schreiben. Sie war zu der Feststellung gelangt, dass die Sozialkundestunden von Miss McConnell einen etwas anderen Schwerpunkt erhalten sollten, und hatte sich mit Kim Saunders angefreundet, die ganz entschieden eine Anleitung zu mehr Selbstsicherheit brauchte. Sie hatte an drei Verlage geschrieben und sie informiert, dass »Rost an der Schleuse« Ende August als fertiges Manuskript vorliegen würde und angeboten, es an den Meistbietenden zu verkaufen. Sie war etwas überrascht, dass noch keine Antwort gekommen war.

Als Mr. Todd bei der morgendlichen Schulversammlung mitteilte, dass die Schule dringend einen neuen Redakteur für die Schulzeitung brauchte, da Laura Turnbull sich nun zu Höherem berufen fühlte, hatte Sarah eine Eingebung. Sie hoffte nur, Mr. Todd würde etwas empfänglicher dafür sein als GeGe.

Sie strich sich noch einmal über den neuen blauen Rock, der zugegebenermaßen modischer war als die Uniform auf der Bellborough Court mit ihren braunen Faltenröcken, und klopfte an seine Bürotür.

»Herein!«

Mr. Todd strahlte sein Willkommenslächeln.

»Du bist Sarah Field, nicht wahr? Na, hast du dich schon eingelebt?«

Sarah nickte.

»Sehr gut, Sir, danke schön.«

»Und was kann ich für dich tun, Sarah?«, erkundigte sich der Direktor.

»Ich würde eher sagen, Sir, es ist mehr die Frage, was ich für Sie tun kann.«

Reg dich ab, Mama!

Rosie Rushton
Reg dich ab, Mama!
192 Seiten
3-570-12391-X

Die Geschichte von fünf leidgeprüften Teenies. Sie alle haben die schlimmsten Eltern, die man sich nur vorstellen kann: Sei es die Mutter, die peinlicherweise noch Miniröcke trägt oder der Vater, der einen nicht in die Disko lässt. Das kann man einfach nicht mitmachen, da hilft nur ein entschiedenes »Reg dich ab, Mama!«

Rosie Rushton
Ich glaub, ich krieg 'ne Krise!
192 Seiten
3-570-12433-9

Die wichtigste Frage im Leben der fünf Teenies:
Wie krieg ich endlich meinen ersten Freund. Das größte Problem: Meine Eltern haben ihre Midlife-Crisis!
Bei so viel Stress kann man nur noch sagen:
Ich glaub, ich krieg 'ne Krise!

Rosie Rushton
Halt dich da raus, Mama!
192 Seiten
3-570-12431-2

Müssen sich Eltern denn überall einmischen! Kaum ist man auf Erfolgskurs beim richtigen Mädchen, kommt einem der Vater dazwischen. Steckt man seine ganze Energie in die Schauspielkarriere, hat man wochenlang Zoff mit der Mutter. Da gibt's nur eine Wahrheit und die lautet: Halt dich da raus, Mama!

CB **C. Bertelsmann**
Jugendbücher